ふしだらな純愛

「だ…だめ、やめ…て……」

「なにが、だめなんだよ。感じてきたんだろ？」

「だ…って、おかし…い、よ、こんなの…っ」

　いやらしい子だと恭介に呆れられて、嫌われてしまう。

うまく力が入らない指で恭介の腕にすがり、涙声で訴える。

ふしだらな純愛

藤森ちひろ

16166

角川ルビー文庫

目次

口絵・本文イラスト／小路龍流

「このねえ、大きくなったら恭《きょう》ちゃんと結婚《けっこん》する」

彼が驚《おどろ》いたように目を瞠《みは》るのを見て、少し後悔《こうかい》した。

算数を教えてもらっている最中に、唐突《とうとつ》だったかもしれない。このあいだお母さんといっしょに見ていたドラマでも、プロポーズはタイミングが大切だと言っていたのに。

タイミングが悪かったかなあと思っていると、彼がにやりとした。涼《すず》やかな目許《めもと》を、少し意地悪く細めて。

「やだね」

「ど、どうして…っ？」

お断りされるなんて思いもしなかったから、頭の中が真っ白になった。握《にぎ》り締《し》めていた鉛筆《えんぴつ》を放《ほう》り出し、彼の腕《うで》にしがみつく。セーターに包まれた腕はがっしりとしていて、子供の自分が揺《ゆ》すったくらいではびくともしない。

「だっておまえ、このあいだもおねしょしてただろ」

「……ぅ」

お母さんが、ベランダにおまえの布団《ふとん》を干してたぞ——決定的な場面を目撃《もくげき》されていたとあっては、言い逃《のが》れできなかった。マンションのお隣《となり》に住む彼は、なんでもお見通しなのだ。

「あ、あれは、恭ちゃんが怖《こわ》い話をしたからだもん。銀色の宇宙人が、そこのベランダから覗《のぞ》いていたっていう……。そのせいで宇宙人が地球にやってくる夢を見て、おトイレに行けなくなっちゃって……とにかく、恭ちゃんのせいなのっ」

彼から聞いた話を思い出すだけでも、ぞっとする。ベランダを指差しながら言い訳すると、彼がぷっと吹《ふ》き出した。

「そんなの作り話に決まってるだろ。宇宙人なんかいるわけないっての」

「えぇ……っ」

万が一いたとしても、どうして俺んちのベランダから部屋の中を覗いてるんだよ——人の悪い顔でにやにやしながら、彼が嘯《うそぶ》く。

また騙《だま》された。彼は真に迫《せま》った怪談話《かいだんばなし》や宇宙人などの目撃談をしては、怖がる自分を見て楽しんでいるのだ。

「作り話なんかに引っかかって、おねしょしたのを俺のせいにするようなヤツとは結婚できないな」

うっと言葉に詰《つ》まる。彼との歳の差は、十歳。知識も語彙《ごい》も、大学生の彼に小学生の自分が敵《かな》うはずがない。

「でっでも、この、恭ちゃんのこと大好きだもん」

「だからって、結婚しなくてもいいだろ」

むにっと頬《ほお》を摘《つま》まれながら、だって、と必死に食い下がる。

「結婚したら、ずっといっしょにいられるんでしょう？　ママが言ってたよ」

うちのパパは死んじゃったから、ママは一人になっちゃったけど。一生懸命《いっしょうけんめい》言い募《つの》ると、彼が困ったような貌《かお》になった。

ずっといっしょにいたいと思っているのは、自分だけなんだろうか。やさしくしてくれるけれど、本当は嫌《きら》われていたとか。――考えただけで、心臓がきゅうっと縮んだようになった。

「――僕のこと、嫌い……？」

「嫌いだったら、わざわざ勉強なんか見てやらないよ」

ふっと目を細めた彼に、くしゃりと髪《かみ》を撫《な》でられた。いつも自分を揶揄《からか》うときの皮肉っぽい笑顔《えがお》とは違《ちが》う、やさしい表情で。

小さく縮こまっていた心臓が、とくん、と音を立てて忙《せわ》しなく動きはじめた。彼に見つめられているだけで、頬がじわじわと熱くなっていく。

なにしろ、とんでもなくかっこいいのだ、恭ちゃんは。

「僕、恭ちゃんが世界でいちばん好きだよ」

好きだという気持ちで全身がいっぱいになって、いまにも破裂《はれつ》しそうだった。いても立ってもいられず、彼の首にぎゅうっと抱《だ》きつく。

「小実《このみ》？」

驚いた彼が体を引くより早く、背伸《せの》びして唇《くちびる》を重ねた。あたたかくて、柔《やわ》らかな感触《かんしょく》。――それが、生まれて初めてのキスだった。

「結婚の約束のキスだよ」

キスといっても、ただ唇を押しつけただけだ。それでも子供だった自分には、充分《じゅうぶん》神聖な約束のキスだったのだ。

「お子さまのくせに、油断も隙《すき》もないな」

仕方ないなと笑って、彼が腿《もも》の上に抱き上げてくれた。大きな体にすっぽりと包まれて、嬉《うれ》しくてたまらなくなる。

「これで、ずっといっしょにいられるね」

広い胸に頬を擦《す》り寄せると、彼は無言で微笑《ほほえ》んで頭を撫でてくれた。

とびきりハンサムなのに、口が悪くて、少し意地悪で。けれど、本当はとてもやさしい人。

子供のころ、自分の世界の中心にはその人がいた。

1

「……すごい」

朝陽《あさひ》を浴びてきらきらと輝《かがや》くガラス張りのビルを見上げ、森本《もりもと》小実はぽかんと口を開いた。

大手広告代理店、D&Yエージェンシー。

小実が今日からアルバイトをすることになった会社だ。

あんまり口を開けているとゴミが入るわよ、と母親に注意されたのを思い出し、慌《あわ》てて口を閉じる。

銀座という場所柄《ばしょがら》もさることながら、周囲を歩いているのは颯爽《さっそう》としたサラリーマンやお洒落《しゃれ》なOLばかりで、いかにも学生っぽい紺色《こんいろ》のダッフルコートをまとった自分が浮《う》いている気がしてならない。

——本当は、もっと大きくなるはずだったのに。

窓ガラスに映る自分の頭に、直したはずの寝癖《ねぐせ》がぴょこんとはねているのを見つけ、小実は眉《まゆ》を寄せた。そうすると、ただでさえ十九歳には見られない貌がさらに幼くなる。

大学二年生にもなるのに、高校生に間違《まちが》えられることもしばしばだ。一度などは中学生に間違えられて、補導されかけたこともある。

苦手な牛乳を一生懸命《いっしょうけんめい》飲んだ努力も虚《むな》しく、一六三センチで止まった身長に、筋肉とは無縁《むえん》の痩《や》せっぽちな体。そのうえ童顔ときては、年齢《ねんれい》相応に見られないのも無理はない。確かに自分でも、痩せているわりにふっくらした頰と大きな瞳《ひとみ》が子供っぽいと思う。

同級生の女の子たちからは、『目が大きくていいなあ。睫毛《まつげ》も長いし』『小実くんて、リスとかハムスターみたいで可愛《かわい》い』などと言われる始末だ。女の子から可愛いと言われたり、小動物に喩《たと》えられたりするなんて、十九歳の男としてはかなり情けない。

——恭ちゃんみたいに、かっこよくなりたかったな……。

小実の理想は、小さいころお隣に住んでいた十歳年上の青年だ。

幼いころに父親を病気で亡《な》くした小実にとって、勉強を教えてくれたり、遊んでくれたりする彼は兄のような存在だった。

いまにして思えば、あれが初恋《はつこい》だったのかもしれない。彼のことが大好きで、お兄ちゃんと結婚する、というのが当時の小実の口癖《くちぐせ》だったのだから。

もちろん、年端《としは》もいかない子供のことだ。ちゃんとした恋愛《れんあい》感情ではなく、親愛の情や子供じみた独占欲《どくせんよく》の延長だったのだと思う。

同性と結婚できないことを知ったのは、もう少し大きくなってからだ。どうりで結婚すると言い張るたび、彼が意味深な貌でにやにやしていたはずだ。

その場で指摘《してき》してくれればいいものを、あえて小実の勘違《かんちが》いを放置しておくような意地悪なところが彼にはあった。それでも、大好きなお兄ちゃんと結婚すると言ったせいでクラスメイトに馬鹿《ばか》にされ、泣いて帰った小実を慰《なぐさ》めてくれたのも、彼だ。

——どうしてるんだろう、恭ちゃん。

最後に会ってから八年経《た》ったが、彼の端整《たんせい》な面影《おもかげ》はいまも鮮明《せんめい》だ。当時は大学生だったから、いまごろは立派なサラリーマンになっているだろう。

昨今は街中でも、モデルかと思うような容姿の持ち主を見かけるけれど、いまだに彼ほどの美形にはお目にかかったことがない。

すっきりと通った鼻筋に、切れ長の瞳。冷たくて甘い顔立ちは、芸能人なんかよりずっとかっこよくて——。

窓ガラスを鏡がわりに寝癖を撫でつけていた小実は、はっと我に返った。思い出に耽《ふけ》っている場合じゃない。

大学の入学祝いに両親から贈《おく》られた腕《うで》時計を見ると、約束の時間の十分前。D&Yエージェンシーの始業時間は九時半だが、アルバイト初日の今日は十時でいいと言われていた。それなのに、遅刻《ちこく》してはまずい。

コートを脱《ぬ》いでから、立派なエントランスに恐《おそ》る恐る足を踏《ふ》み入れる。にこやかな笑みを浮かべた受付嬢《うけつけじょう》に、いらっしゃいませ、と声をかけられただけでどぎまぎした。

「も…森本と申します。十時に、資料室の北山《きたやま》室長とお約束しているのですが」

「承《うけたまわ》っております」

こんな調子でやっていけるのだろうか。

教えてもらったとおりにホール奥のエレベーターに乗り込み、小実はほうっと息をついた。長引く不況《ふきょう》でかつてほどの勢いはないとはいえ、途中《とちゅう》で擦《す》れ違った社員はみな洗練された様子で、ますます不安が募る。

パーカーにジーンズという自分の服装を見下ろし、初日くらいはもう少しきちんとした格好のほうがよかったかな、と少し後悔《こうかい》した。

大手広告代理店でアルバイトをすることになったからといって、小実はなにも広告業界への就職を希望しているわけではない。それどころか、マスコミのような華《はな》やかな世界には向いてないと思っている。

昨年末まで小実はアパートがある界隈《かいわい》のコンビニでアルバイトをしていたのだが、この不景気のあおりを受けて閉店、貴重な収入源を失う憂《う》き目にあった。年が明け、後期試験が終わるのを待って新しいアルバイト先を探そうと思っていた矢先に、友人の真山悟《まやまさとる》から紹介《しょうかい》されたのがD&Yでの仕事だったのだ。

春休み中は週に四、五日、四月からは大学の都合に合わせて出勤すればいいという。時給も高く、小実にとっては願ってもない好条件のアルバイトだった。仲のよい真山が他部署でアルバイトをしているのも心強い。

ただし、真山からの紹介だけで採用されたのはよかったが、小実の仕事ぶりによっては、春休み中だけのアルバイトになるかもしれないという。先方からお断りされないように、今日からがんばらなければならない。

なんといっても、東京での一人暮らしはお金がかかる。母が再婚《さいこん》した義父はいい人で、小実の学費も生活費も惜《お》しみなく出してくれるけれど、だからといって甘えたくなかった。

ますます緊張《きんちょう》が高まるのを感じながら、エレベーターを三階で降りる。案内図によると、資料室はフロアの半分以上を占《し》めているようだ。

掲《かか》げられたプレートに『資料室』と書かれているのを確かめてから、開け放たれたドアの内側をおずおずと覗《のぞ》く。

「失礼しま…、わ…っ」

声をかけたちょうどそのとき、資料室から誰《だれ》かが飛び出してきた。ドアの陰《かげ》になって、小実の姿が見えなかったのだろう。とっさのことでよけられなかった。

「ッ……」

顔からぶつかってしまい、鈍《にぶ》い衝撃《しょうげき》が鼻先に走る。目の前にちかちかと星まで瞬《またた》いて、まるで漫画《まんが》のようだ。

「悪い。大丈夫《だいじょうぶ》か？」

頭上から、少し傲慢《ごうまん》な響《ひび》きを孕《はら》んだ甘いテノールが降ってきた。よろけた小実の腕を摑《つか》んだ大きな掌《てのひら》の感触からも、相手が男性であることが知れる。

「……すっ、すみません」

初っ端《ぱな》から、こんな間抜《まぬ》けな目に遭《あ》うなんて。じんじんと疼《うず》く鼻を押さえ、小実は恥《は》ずかしさと痛みに潤《うる》んだ目を瞬かせた。ただでさえあまり高くない鼻が、いっそう低くなった気がする。

「……あ」

ずいぶん背の高い人だ。涙《なみだ》で滲《にじ》んだ視界を凝《こ》らし、ゆうに二十センチは上にある男の顔を見つめる。たぶん一九〇センチ近くあるだろう。

怪訝《けげん》そうに眉を寄せた男は、恐ろしく整った造作の持ち主だった。しかも、どこかで会ったような気がする。

——恭ちゃんに、似てる……。

前髪《まえがみ》から覗く、知的な額。すっきりと整った眉と、高い鼻梁《びりょう》。切れ上がった眦《まなじり》が印象的な瞳は、怜悧《れいり》な輝きを湛《たた》えている。やや薄《うす》めの唇《くちびる》は冷淡《れいたん》でいて、そのくせ禁欲《きんよく》的な色香《いろか》があった。

整った容貌《ようぼう》に違《たが》わず、スタイルもいい。黒のジャケットに白いシャツという無造作な服装がかえって、均整の取れた長身を引き立てていた。

人違《ひとちが》いかもしれないとは思ったが、こんなハンサムなどそうそういない。綺麗《きれい》で、少し冷たい面立《おもだ》ちは、記憶《きおく》にある彼のものと同じだ。

「……恭ちゃん……？」

小声で呟《つぶや》いたとたん、男の双眸《そうぼう》が揺《ゆ》らいだ。たぶん、間違いない。男の反応に確信を強めながら、小実はストレートに訊《たず》ねた。

「あ、あの、失礼ですが、高見恭介《たかみきょうすけ》さんではありませんか？」

小実を矯《た》めつ眇《すが》めつしていた男の貌に、じわじわと驚《おどろ》きが広がる。

「おまえ……小実か」

「覚えていてくれたの…っ!?」

名乗るまえに恭介の口から自分の名前が出たことに、小実は驚いた。とっくに忘れられていると思ったのだ。

母親の再婚を機に引っ越《こ》してからは、恭介と手紙のやりとりをするようになった。最初のうちはちゃんと返事が来たのに、そのうち来なくなって――しまいには、出した手紙が宛先《あてさき》不明で返ってきてしまった。

あれから、八年。音信不通になっていたのに、まさかアルバイト先で再会するなんて思わなかった。さっき恭介のことを思い出したのは、なにかの予兆だったのだろうか。

「忘れるわけないだろ。男のくせに俺と結婚するって言い張ってた、おもしろい子供のこと」

「あ、あれは勘違いしてたから…っ」

かつての自分の発言を持ち出され、小実は耳まで真っ赤になった。いくら好きだったからといって、恭介に結婚をねだった子供のころの自分が恥ずかしい。

「宇宙人がベランダから覗いていたっていう俺の作り話を信じて、夜中にちびったくせに、俺のせいだって言い張ったことも覚えてるぜ」

「う……」

ちびった、なんて単語を浮世《うきよ》離《ばな》れした美貌《びぼう》で言わないでほしい。昔から恭介は、綺麗な顔に似合わず、口が悪かった。

「そういや結婚の約束とか言って、おまえに無理やりキスされたっけ」

「わー、もういいよ、そんな昔のこと」

どうして、そんなろくでもないことばかり覚えているんだろう。ハンサムぶりも変わっていないが、ちょっと意地悪な性格も変わっていないらしい。

「そ、それより、あれから引っ越しした？　恭ちゃんに出した手紙が戻《もど》ってきちゃって……」

なにか思い当たることがあるらしく、恭介が「ああ」と少し苦い表情で頷《うなず》いた。

「就職するちょっとまえに、あのマンションから引っ越ししたんだ。すぐ郵便局に転居届けを出せばよかったんだが、ばたばたしてて な……もしかしたら、そのあいだの郵便物が俺の手許《てもと》に届かなかったのかもしれない」

「そうだったんだ……」

恭介に忘れられたのでも、無視されたのでもなかったようだ。恭介に出した手紙が返ってきたあと、嫌《きら》われたのかもしれないと思って手紙を出すのをやめてしまった。中学に入って、部活や勉強で忙《いそが》しくなったせいもある。

「手紙が返ってきて、俺に忘れられたと思ったんだろ？」

「えっと……うん、まあ」

あっさり見抜《みぬ》かれ、小実はごにょごにょと返した。事情を知ったいまとなっては、出した手紙が返ってきたときの自分の落ち込みようが気恥《きは》ずかしい。あのときは、世界の終わりのような気分がしたものだ。

「悪かったな」

「ううん。僕も、また手紙を出せばよかった」

染《し》み入るような声がして、うなだれた頭に恭介の手が載《の》せられる。くしゃりと髪《かみ》を撫《な》でるしぐさは、昔と同じだ。

「それにしてもおまえ、相変わらずちっちゃいな」

「やめてよ、縮んじゃう…っ」

感心したように呟いた恭介の胸許に引き寄せられ、頭をぐりぐりと撫でられて、小実はじたばたともがいた。これでは、せっかく直した寝癖《ねぐせ》がだいなしだ。

——あ、恭ちゃんの匂《にお》い……。

頬《ほお》を押しつけられた胸許から、ほんのりと甘い、涼《すず》やかな香《かお》りがする。昔使っていたフレグランスとは違うのかもしれないけれど、小実にとってはこれが恭介の匂いだった。

懐《なつ》かしくて、どうしようもなくどきどきする匂い。切ないような感情に胸をときめかせていると、恭介が抱《かか》え込んだ頭を離《はな》してくれた。

「まあ、多少は成長したみたいだけどな。昔は、こんなだったから」

「そんなに小さくなかったよ…！」

こんな、のくだりで、恭介が人差し指と親指で豆粒《まめつぶ》ほどの大きさを示してみせる。真っ赤になって抗議《こうぎ》しながら、小実は乱れた髪を手櫛《てぐし》で直した。

「まだはねてるぞ」

「恭ちゃんがぐしゃぐしゃにしたからだよ…っ」

上目遣《うわめづか》いで恨《うら》めしげに睨《にら》めば、恭介が「相変わらず猫《ねこ》っ毛だな」と笑いながら、髪を撫でつけてくれた。

「で、おまえはなんでここにいるんだ?」

「あっ、アルバイト」

恭介と再会した喜びのあまり、アルバイトのことが頭から吹《ふ》き飛んでいた。資料室の扉《とびら》を見《み》遣《や》った小実の視線を追った恭介が、驚いたように眉《まゆ》を上げる。

「アルバイトって、資料室でか」

「うん。今日からなんだ」

大学の友人から紹介《しょうかい》されて、資料室で働くことになったことを告げると、恭介が感慨深《かんがいぶか》げな面持《おもも》ちになった。

「あの小実が大学生ねえ。俺も年を取ったもんだな」

「僕がもうすぐ二十歳《はたち》になるから、恭ちゃんは三十さ……ふぐっ」

大きな掌で両方の頬を一摑《ひとつか》みにされて、中央に寄せられる。もしかして頬《ほ》っぺたが柔《やわ》らかいのは、子供のころこうやって恭介にいじられたせいではないのか。

「職場なんだから、高見さんて呼べ」

「……はひ」

あひるみたいな顔になっているせいで、間抜けな声が出た。恭介がよろしいというように頷

いて、頬を解放してくれる。どうやら、年齢《ねんれい》を口にしたのが気に入らなかったらしい。

「職場って、もしかして恭ちゃん……」

ずきずきする頬を撫でながら訊ねると、獲物《えもの》を捕《と》らえた猫のように恭介がにんまりとした。

昔もこんな貌をして、宇宙人が来襲《らいしゅう》する話やら未確認《みかくにん》生物が家畜《かちく》の血を啜《すす》る話やらをしては小実を怖《こわ》がらせたものだ。

「ここの社員。資料室勤務じゃないけどな」

「えぇ…っ」

恭介から就職が決まったとは聞いた気がするけれど、それがD&Yエージェンシーだなんて知らなかった。子供だったから、聞いても忘れてしまったのかもしれない。

「クリエイティブ局で、プランナーやってんだよ」

楽しくてたまらないといった貌で、恭介は目を丸くしている小実のおでこをつついた。

「これからこき使ってやるから、覚悟《かくご》しな」


「森本くん」

「はい」

作業台で朝刊の整理をしていた小実は、北山室長に呼ばれて席を立った。

朝刊をハンガーに閉じるのが、出勤《しゅっきん》してまず最初の仕事だ。専門紙もあるので、けっこうな量になる。

「今日は引き続き書棚《しょだな》の並び替《か》えと、古新聞の整理をお願いします」

定年まであと数年という北山は、フライドチキンで有名な某《ぼう》ファストフード店の人形に瓜二《うりふた》つだ。なんでも、スイーツの食べ歩きが趣味《しゅみ》らしい。

「縮刷版が出たぶんの古新聞は、フロアの廃棄《はいき》場所に捨ててください」

「はい、わかりました」

今日の仕事の指示をもらい、小実は毎日のルーチンの一つである新聞記事の切り抜《ぬ》きに取りかかった。

小実がアルバイトに雇《やと》われたのは、派遣《はけん》社員の女性が退職したうえに、資料室が二階から三階に移転して、書籍《しょせき》を整理する人手が必要になったからだ。引っ越し業者が書棚に資料を並べていったのだが、使い勝手が悪かったために配置し直す必要が生じたのだという。

アルバイトをはじめて三日、小実は意外なほどあっさりと職場に馴染《なじ》んでいた。仕事はまだ不慣れだが、もう少しすればもっとうまくこなせるようになるだろう。

広告代理店の華《はな》やかなイメージとは違《ちが》い、資料室は実に地味な部署だった。スペースの半分以上を林立する書棚が占《し》め、社員五人の机は片隅《かたすみ》に追いやられている。閲覧《えつらん》席もあって、まるで図書館のようだ。

たまに、朝陽《あさひ》が射《さ》し込む窓際《まどぎわ》の閲覧席で徹夜《てつや》明けのコピーライターだのが居眠《いねむ》りしているのが、業界っぽいのかもしれないが。

資料室の人々も、北山をはじめとしてみんなよくしてくれる。社員のほとんどが五十代以上で、部署のアルバイトは小実一人だ。

とくに紅一点の三島《みしま》などは小実を気に入ってくれ、なにかにつけ『小さいのにがんばってい るわね』と飴《あめ》やらチョコレートやらをくれる。そろそろ退職という彼女からすると、小実は子供か孫のようなものらしい。

小実の仕事ぶりを気に入ってくれたのか、北山からはすでに四月からもアルバイトを続けてほしいと言われている。小実としても、長く続けられるほうがありがたい。

「森本くん」

指定された記事の切り抜きに一生懸命《いっしょうけんめい》になっていた小実は、いきなり肩《かた》に手を置かれて飛び上がった。一歩間違《まちが》えれば、カッターで指を切っていたかもしれない。

「ごめんね。驚かせた？」

「あ……いえ、大丈夫《だいじょうぶ》です」

身をかがめた相手に心配そうに顔を覗《のぞ》き込まれ、愛想《あいそ》笑いを浮かべる。

声をかけてきたのは、資料室の社員の中でいちばん若い宮越昇一《みやこししょういち》だった。恭介の同期で、かつては営業をしていたらしい。

恭介ほどではないにせよ、くっきりとした目鼻立ちは整った部類に入るだろう。ジムに通っているとかで、一八〇センチを超《こ》える体躯《たいく》も引き締《し》まっている。

しかし、この若さで地味な資料室に配属されるには、それなりの理由があるのだ。仕事中に株の売買をしたり、歯医者に行くと言ってさぼったり。小実がアルバイトをはじめてからだけでも、何度か北山から勤務態度を注意される場面を目撃《もくげき》した。おまけに、仕事のミスも多いようだ。一度などは北山に厳しく叱責《しっせき》され、ふてくされて姿を消してしまったこともあった。

三島から聞いたところによると、宮越はさる有力なクライアントの息子《むすこ》なのだという。能力と資質に問題があり、営業から内勤に異動させられたらしい。確かに、資料室勤務なら相手にするのは社内の人間だけだ。

「どう？　仕事には慣れた？」

「はい。なんとか慣れました」

そんなこんなで部署内で浮いている宮越だが、なぜか小実には親切にしてくれる。ただ、初日に顔を合わせたときには『小実ちゃんか。可愛《かわい》い名前だね』と手を握《にぎ》られ、それからもこうして肩に触《さわ》られたりと、ややスキンシップが過剰《かじょう》だ。アメリカ留学の経験があるらしいから、そのせいなのだろう。

「今日のお昼、いっしょにどう？」

「すみません。今日は、ほかの部署でアルバイトをしている友人と約束していて……」

今日は真山が営業局にアルバイトに来ているので、昼休みに落ちあうことになっている。報告を兼《か》ねて、資料室のアルバイトを紹介してくれたお礼を電話で言ったけれど、春休みに入っているため、久しく会っていない。

「じゃあ明日は？　なんだったら、仕事のあとでもいいよ」

「え……あの、……」

昨日も宮越から昼食に誘《さそ》われて、奢《おご》ってもらった。たぶんまたいっしょに食事に行けば、奢ってもらうことになるだろう。相手が社会人でこちらは学生とはいえ、何度もご馳走《ちそう》になるのは心苦しい。

「まさか、高見のやつと約束でもあるの？」

「い、いえ。違います」

宮越の双眸《そうぼう》が不機嫌《ふきげん》な色を帯びるのを見て、小実は慌てて否定した。

どうやら宮越は、恭介のことを快く思っていないようだ。学生である小実にはまだよくわからないが、職種は違っても、同期である恭介に対するライバル心があるのかもしれない。

小実が子供のころ、恭介の隣《となり》に住んでいたことは資料室の全員が知っている。初日に恭介と出くわして交《か》わした会話が、資料室の中に筒抜《つつぬ》けだったのだ。

恭介と昔馴染《むかしなじ》みであることは、部署の人々に知られても構わない。だが、恭介に結婚《けっこん》を迫《せま》ったことや、おねしょしたことまで知られてしまったのかと思うと、なんとも情けなかった。

「あいつにも困ったものだな。うちのアルバイトである君を、昔馴染みだというのをいいことにこき使うなんて」

「そういうわけじゃないんですけれど……」

宮越がぐっと身を乗り出してきて、思わず椅子《いす》の上の尻《しり》を反対側にずらす。恭介にこき使われているというのは、あながち間違いでもないのだ。

「森本くんだって、本当は迷惑《めいわく》してるんだろう？　今度高見に会ったら、僕のほうからも言ってあげるよ」

こんなときはたいてい北山が助け舟《ぶね》を出してくれるのだが、生憎《あいにく》姿が見えなかった。宮越の押しの強さにたじろいでいると、三島に「森本くん」と手招きされる。

「お兄さまから電話よ」

彼女の言う「お兄さま」とは、恭介のことだ。すっかり恭介は、二人が昔馴染みであることを知った部署の人々から、小実の保護者と見なされていた。

——お兄さまはやめてほしいなあ。

引き攣《つ》り気味の頬《ほお》で「ありがとうございます」と微笑《ほほえ》み、三島から受話器を受け取った。

「お電話かわりました。森本で……」

『小実？』

自分の名前を慣れた口調で呼ぶ、甘いテノール。

職場なんだから高見さんと呼べと言ったくせに、恭介は小実のことを下の名前で呼び捨てにする。

『「アドデザイン」の最新号、持ってきてくれ。席にいるから』

「ちょ…っ」

一方的に用件だけ告げて通話が切れた。おはようの挨拶《あいさつ》もなければ、小実の都合を訊《たず》ねることもない。恭介のあまりのマイペースさにため息が洩《も》れる。

初日にはさっそくクリエイティブ局に呼びつけられて大量のコピーを取るように命じられ、昨日はアンケートの集計を手伝わされて。これでは資料室のアルバイトなのか、恭介の個人的なアルバイトなのかわからない。

北山が注意してくれるといいのだが、「急ぎの仕事がなければ、高見くんの手伝いをしてもいいよ」と鷹揚《おうよう》なものだ。

もっとも小実も本心では、恭介に会えるから、用を言いつけられるのは嫌《いや》ではない。けれど、それだけに公私混同しているようでやましくもあった。

「どうしたの？　またお兄さまからの呼び出し？」

「高見さんのところに、資料を届けに行ってきます」

不承不承といった貌を取り繕《つくろ》うと、三島が「あら」と笑った。引き出しの中からなにかを摘《つま》んで、小実の掌《てのひら》にぽとりと落とす。

「これあげるから、がんばって」

「……ありがとうございます」

掌には、ミルク味のキャンディが一つ。

——よほど子供だと思われてるんだろうなあ。

キャンディをシャツの胸ポケットにしまい、小実は恭介に言われた雑誌を手に、五階にあるクリエイティブ局にいそいそと向かった。

この会社でアルバイトをはじめてから、驚いたことがある。

まず一つは、クリエイティブ局のエネルギッシュで雑然とした雰囲気《ふんいき》にだ。静謐《せいひつ》で整然とした資料室とは雰囲気が違いすぎて、もはや同じ会社とは思えない。働いている社員の人種さえも違《ちが》う気がする。

ここにいるのは、デザイナーやアートディレクター、クリエイティブ・ディレクターやコピーライターなどといった横文字の職業の、いわゆるクリエイターと呼ばれる人々だ。

営業などの部署に比べて、圧倒的《あっとうてき》にラフな服装が多い。しかも、真冬なのにアロハシャツやらパンク風の革《かわ》ジャケットなどといった、かなり個性的な服装が見受けられる。

恭介に使い走りをさせられるおかげでクリエイティブ局には何度も来ているが、小実にとってはいまだ入りづらい場所だ。

二日酔《よ》いなのか、机に突《つ》っ伏《ぷ》したまま動かない人を横目に窺《うかが》いながら進んでいくと、ちょうど反対側から真山がやってきた。

「よう」

「おはよう」

思いがけない場所で友人と出くわし、つい顔が綻《ほころ》んだ。大柄《おおがら》で体格のいい真山は、営業局のスポーツ事業部でアルバイトをしている。

大学では同じ学年だが、アルバイトをして学費を溜《た》めてから入学したため、真山のほうが二歳上だ。最初は敬語で接していたのだが、真山の希望でいまではふつうに話している。苦労人だけに温厚《おんこう》で大人な真山は、なんでも相談できる心強い存在だ。

「こっちに届けものがあってさ。おまえはまた高見さんとこ？」

「うん。資料を持ってくるように言われたんだ」

「おまえが、あの高見さんと知りあいだったなんてな」

昔、恭介の隣に住んでいたことは真山にも話してある。羨《うらや》ましそうな真山に、小実は小声でぼやいた。

「あの、と言われても、恭ちゃんがそんなに有名な人だなんて、ここでアルバイトするまで知らなかったよ……」

D&Yでアルバイトをはじめて、小実がもう一つ驚いたこと。

それは、恭介が有名な広告賞をいくつも受賞しているクリエイターだったことだ。社内で評価されているだけでなく、広告業界でも実力ナンバーワンの若手クリエイターとして注目されているのだという。

広告業界に疎《うと》い小実は、プランナーがなにをする人かさえ知らなかったのだが、広告の企画《きかく》を考えるのが仕事らしい。恭介曰《いわ》く、CM撮影《さつえい》や編集にも立ち会うそうだ。

真山から恭介が作ったCMを教えてもらったら、話題になった作品ばかりでさらに驚いた。小実が気に入っていた携帯電話会社《けいたいでんわ》のCMも、恭介が作ったものだったのだ。

恭介のCMを改めて見てみると、アイディアが斬新《ざんしん》だったり、ストーリー性に富んでいたりと、共通の特徴《とくちょう》があった。

思えば昔、小実を震《ふる》え上がらせた怪談話や未確認生物の目撃談《もくげき》にも、恭介の非凡《ひぼん》な才能が遺憾《いかん》なく発揮されていたのかもしれない。恭介の話は構成も表現も巧《たく》みで、あまりにも真に迫っていたから、子供だった小実は本当の出来事だと信じてしまったのだ。

「じゃ、また昼にな。ちょっと遅《おく》れるかもしれないけど」

「わかった。ロビーで待ってる」

勤務中なので早々に話を切り上げ、真山と別れた。

誰かの机からにょっきり突き出したポスターにぶつかりそうになりながら、奥にある恭介の席に向かう。

ちょうど恭介は、アートディレクターの山際《やまぎわ》利佳子《りかこ》と打ち合わせ中だった。恭介の同期だという利佳子は、猫《ねこ》を思わせる、すらりとした美人だ。

――タイミングが悪かったかな。

恭介は小実に気づきもせず、真剣《しんけん》な面持《おもも》ちで利佳子と話している。

あたりまえだけれど、恭介はもう「お隣のお兄ちゃん」じゃないのだ。真面目《まじめ》に仕事をしている姿に、社会人である恭介と学生である自分との距離《きょり》を思い知らされる。

会社から評価されていて、世間的にも名前が知られていて。恭介の活躍《かつやく》を嬉《うれ》しく思う一方で、淋《さび》しいような気持ちもあった。

「あら、小実ちゃん」

声をかけるのをためらっていると、利佳子のほうがさきに小実に気づいた。アイラインでくっきりと縁取《ふちど》った瞳《ひとみ》が笑《え》みの形に細められる。

「お…おはようございます」

書類を睨《にら》んでいた恭介が顔を上げ、どきりとするような切れ長の瞳で小実を捉《とら》えた。

カジュアルな服装が多いクリエイターの中では珍《めずら》しく、恭介はネクタイこそ締《し》めていないが、たいていスーツ姿だ。今日は濃紺《のうこん》のスーツで、理知的な美貌《びぼう》によく映《は》えた。

「遅《おそ》い」

「こっちだって、仕事の都合があるもん……じゃなくて、あるんです」

せっかく持ってきたのに。むっとしてついタメ口で反論してしまい、会社であることを思い出して言い直した。

「頬袋《ほおぶくろ》を膨《ふく》らませたリスみたいになってるぞ」

「ぅ」

おもしろそうな笑みを浮《う》かべた恭介に指摘《してき》され、膨らませていた頬を引っ込める。

「小実ちゃんたら、本当に可愛《かわい》いわね」

二人のやりとりを見守っていた利佳子がくすくす笑う。初日に恭介から紹介《しょうかい》されたときから、利佳子には姓《せい》ではなく名前で呼ばれている。

「名前のせいか、小さいままだけどな」

ふんと意地悪く笑った恭介が、資料を渡《わた》そうと近づいてきた小実の頭をぐりぐりと撫《な》でた。今朝も苦労して寝癖《ねぐせ》を直した髪《かみ》がぐちゃぐちゃになる。

「ひ、ひどいよ、恭ちゃん…っ」

「恭ちゃんじゃなくて、高見さんだろ？」

恭介は椅子《いす》に座っているのに、手を伸《の》ばせば簡単に小実の頭を撫でられるのだ。二十五センチもある恭介との身長差が恨《うら》めしい。

「じゃ、そういう感じでやっとくわ」

「ああ。頼《たの》む」

恭介の机にあった書類を手に取り、利佳子が椅子から腰《こし》を上げた。

「すみません。打ち合わせ中だったんじゃ……」

「もう終わったから、気にしないで」

邪魔《じゃま》をしたのではないかと心配する小実に微笑《ほほえ》みかけてから、利佳子は意味深なまなざしで恭介を見遣《みや》った。

「可愛いからって、あんまり苛《いじ》めたら嫌《きら》われるわよ？」

「うるさい」

恭介が野良猫《のらねこ》でも追い払《はら》うように、しっしっと手を振《ふ》る。利佳子は「ずいぶんねぇ」と肩《かた》を竦《すく》めると、自分の机に戻《もど》っていった。ぞんざいなやりとりが赦《ゆる》されるのは、気心の知れた相手だからだろう。

——仲がいいんだな……。

同じプロジェクトチームにいるのだから、恭介と利佳子の仲がよくて当然なのに、なぜかつきりと胸が小さく疼《うず》いた。

「……なんだよ？」

わけのわからない胸の痛みに戸《と》惑《まど》っていると、恭介と目が合った。なにもかも見透《みす》かすような漆黒《しっこく》の瞳に見つめられて、ますます動揺《どうよう》する。

「な、なんでもありません。はい、これ」

「ん。サンキュ」

小実が持ってきた雑誌を受け取り、恭介がぱらぱら捲《めく》る。真剣な表情になったから、仕事を再開するつもりなのだろう。

「じゃ、失礼します」

「ちょっと待て」

「う、わ……っ」

その場を辞そうとしたとたん、シャツの裾《すそ》を摑《つか》まれてつんのめりそうになった。とっさに振り返ったさきで、恭介がほら、とお菓子《かし》を掲《かか》げてみせる。

「お駄賃《だちん》だ。昔、好きだっただろ？」

掌《てのひら》に押しつけられたのは、よくコンビニのレジ脇《わき》で売っているミニサイズのチョコレート菓《が》子《し》だった。フレーバーは、今季限定のストロベリー味。

子供のころ、小実はこのお菓子が大好きだった。季節ごとの限定フレーバーが出るのを楽しみにしていたほどだ。

「ありがとう」

数十円の駄菓子《だがし》だけれど、ほんのりと胸があたたかくなった。恭介が自分の好きなお菓子を覚えていてくれたことが、嬉しい。

「食べてけ」

「え…でも、仕事中だし」

「十時のおやつ」

宮越からは食事に誘《さそ》われるし、三島からはお菓子をもらうし、よほど自分は食い意地が張っているように見えるのだろうか。

仕事中にいいのかなと思いつつも、小実はチョコレート菓子の包みを破った。

「資料室のほうはどうだ？　北山さんに迷惑《めいわく》かけてないだろうな」

「かけてません。ちゃんと仕事してます」

恭介の台詞《せりふ》が保護者っぽくて、なんだかくすぐったい。頬《ほお》が緩《ゆる》みそうになり、小実はお菓子を口に放り込むことで誤魔化《ごまか》した。甘酸《あまず》っぱいストロベリー味が口中に広がる。

もぐもぐ咀嚼《そしゃく》していると、恭介の机の前に貼《は》られたチラシがふと目についた。

「これって……」

小実が好きなバンドのボーカルが最近新しいユニットを作ったのだが、そのライブのフライヤーのようだ。残念ながら、日付は過ぎている。

「そのユニット、好きなのか？」

「う、うん。ボーカルの人のバンドの曲をけっこう聴《き》いてて」

勝手に見ちゃって悪かったかなと思いつつ控《ひか》えめに肯定《こうてい》すると、恭介が「ふうん」となにかを考える貌になった。

「彼らがライブをやるパーティに招待されてるんだが、おまえも行くか？」

「ええっ、いいのっ？」

現金なことに、顔がぱあっと明るくなってしまう。一人暮らしの学生の身では、ライブなんてそうそう行けない。

「でも、僕なんかがくっついていって大丈夫《だいじょうぶ》なの？」

「シルバージュエリーなんかを作ってるVANQUISH《ヴァンキッシュ》って知ってるか？」

ヴァンキッシュは十字架《じゅうじか》や髑髏《どくろ》、百合《ゆり》の紋章《もんしょう》などをモチーフにした、存在感のあるシルバージュエリーを作るブランドで、芸能人にもファンが多いことで知られている。くだんのボーカルもヴァンキッシュのアクセサリーを愛用しており、お洒落《しゃれ》全般《ぜんぱん》に疎《うと》い小実も名前だけは知っていた。

「仕事の関係で、ヴァンキッシュの十周年記念パーティに招かれたんだ。そこで、顧客《こきゃく》でもある彼らがライブをやることになってる。パーティじたいは立食式だし、おまえ一人くらい紛《まぎ》れ込んでも構わないさ」

「そ…そうなの？」

ライブは見てみたい。でも、自分なんかがくっついていったら、恭介の迷惑になるんじゃないだろうか。ためらっているうちに、恭介が「じゃ、決まりな」と言い出した。

「木曜日、夜八時からだ。空けとけよ」

「は、はい」

気圧《けお》されるようにして、小実は頷《うなず》いていた。一方的に話を打ち切った恭介が、雑誌に目を通しはじめる。

これ以上いては邪魔だろう。失礼しました、と踵《きびす》を返したものの、小実はふと思いついて恭介を振り返った。

「恭ちゃ……じゃない、高見さん」

「ん？」

小実の呼びかけに、恭介がなんだ、と雑誌から視線だけを上げる。

「木曜日、よろしくお願いします」

「ああ。パーティに連れてってやるかわりに、これからもこき使ってやるからな」

礼を述べて頭を下げると、恭介が口の端《はし》をにやりと吊《つ》り上げた。早く戻れよ、と追い払うしぐさをするが、その目は笑っている。

――恭ちゃんといっしょに出かけるなんて、子供のころ以来だ。

ライブが見られる以上に、恭介といっしょに出かけられることが楽しみだった。弾《はず》む気持ちそのままに、資料室に戻る小実の足取りは軽《かろ》やかなものになる。

子供のころ、恭介にはいろいろなところへ連れていってもらった。プールやお祭り、美術館。大学生の学園祭にも連れていってもらったことがある。

大学生の恭介にとって、年端もいかない子供の相手なんてつまらなかっただろうに、よくつきあってくれたものだと思う。たまに自分との予定より、デートのほうを優先されることがあったけれど。

確か、遊園地に行く約束をしていたときもそうだった。恭介に急遽《きゆうきよ》デートが入り、遊園地行きはお預けになったのだ。

恭介と遊園地に行くのを楽しみにしていただけに残念で、小実は大泣きした。そのころには男同士で結婚《けつこん》できないことはわかっていたけれど、恭介を女の人に取られたような気がしたのだ。

しかも、そのあとなかなか都合が合わなくて延び延びになっているうちに、母の再婚《さいこん》が決まって引っ越《こ》すことになり、結局遊園地には行けずじまいだった。

お詫《わ》びと餞別《せんべつ》を兼《か》ねて恭介からもらったあひるのぬいぐるみは、いまでも一人暮らしの部屋にある。抱《だ》っこして寝《ね》ていたので、すっかりくたびれているけれど、小実の大切な宝物だ。

――恭ちゃんは、もう覚えてないだろうな……。

果たされなかった、最後の約束。

当時のことを思い出すと、恭介からもらったストロベリー味のお菓子そのままに甘酸っぱい切なさが胸に込み上げてくる。

もし機会があるなら、いつか恭介と遊園地に行きたい。

でも、好きなお菓子を覚えていてくれて、いっしょにパーティに連れていってくれるだけで、いまは充分《じゅうぶん》幸せだった。

2

「わ……」

エントランスに入るなり、小実はぽかんとして立ち尽《つ》くした。

語尾《ごび》が上がるたぐいのクラブにしろ、上がらないそれにしろ、クラブと名がつく場所に足を踏《ふ》み入れるのはこれが初めてだ。

天井《てんじょう》からは、黒いクリスタル製のシャンデリアが葡萄《ぶどう》のように垂れ下がっている。玄関《げんかん》正面には、ぐにゃぐにゃになった鉄の棒が何本も複雑に絡《から》みあった、奇妙《きみょう》なオブジェがあった。

いったいなにを意図して作られたものなのだろう。オブジェの前で首を捻《ひね》っていると、恭介が関係者専用の受付から戻《もど》ってきた。

「行くぞ」

今夜の恭介は、光沢《こうたく》のあるグレーのスーツに黒のシャツという装いだ。すらりとした長身に、洗練されたスーツがよく似合う。

片や小実のほうはアルバイトのあとなのと、ふだんと同じでいいと恭介から言われたため、ふつうのセーターにジーンズだ。

ここに来るまえ恭介に連れられて会社近くのトラットリアで食事をしたのだが、入店拒否《きょひ》されないかとひやひやした。恭介の馴染《なじ》みの店だったらしく、気持ちのいい応対をしてもらえたけれど、さすがにパーティでこの格好はまずいのではないか。

「こんな格好で大丈夫《だいじょうぶ》かな」

「安心しろ。誰《だれ》もおまえなんて見てないから」

それはそうだけど。慰《なぐさ》めにならない恭介の言葉に憮然《ぶぜん》としながら、階段を下りる。一階がエントランスとバー、地階がクラブスペースになっているらしい。

「……わ…っ」

扉を開けるなり、耳鳴りを伴《ともな》った大音響《おんきょう》が洪水《こうずい》のように押し寄せる。エントランスに入ったときから地響《じひび》きのような重低音が足許《あしもと》から伝わってきたけれど、これほどとは思わなかった。広い空間を満たす熱気とざわめきに、ただ圧倒《あっとう》される。ライトアップされたステージ上では、外国人のバンドが演奏していた。

今夜のパーティには、ごく限られた顧客と仕事関係者、取材を赦《ゆる》された一部のマスコミのみが招待されているという。それにしては、客層がずいぶんとバラエティに富んでいた。

ファッション業界らしき関係者もいれば、ふつうのサラリーマンもいる。彼らに交じって、テレビで見かけるタレントやミュージシャンなどの姿も見受けられた。

「もうはじまってるの？」

小実が背伸《せの》びすると、恭介も身をかがめてくれた。周囲の音がすごいので、耳許《みみもと》で話さないと声が聞こえない。

「ああ。例のユニットはあとから演奏するから、安心しろ」

こっちだ、と顎《あご》で示して歩き出した恭介のあとをついていく。頭蓋骨《ずがいこつ》の内側で音楽が反響《はんきょう》するようで、なんだかぼうっとしてしまう。

「ッ……」

慣れない場所なのと薄暗《うすぐら》かったのとで目測を誤り、段差につまずいた。あっと思ったときにはもう遅《おそ》い。

バランスを崩して前のめりになった体を、とっさに振《ふ》り返った恭介の胸に抱きとめられていた。おかげで、顔面から床に突《つ》っ込む事態を免《まぬが》れる。

「あ、ありがと…っ」

「ったく、そそっかしいな」

恭介が喉《のど》を鳴らして笑うと、ぴったり密着した体から振動《しんどう》が伝わってきた。見かけよりずっと厚みのある胸板《むないた》、筋肉で覆《おお》われた力強い腕《うで》。頬《ほお》を埋《うず》めた胸許からは、いつもの涼《すず》しげで甘い香《かお》りがする。

——昔も、この胸に抱きついてたんだ……。

スーツ越《ご》しに恭介の体軀《たいく》をまざまざと感じ、頬が火照《ほて》った。暗がりとはいえ、大勢の人がいる中で恭介に抱きついていることに気づき、慌《あわ》てて離《はな》れる。

「ご…めんなさい」

「もう転ぶなよ」

唇《くちびる》の片端《かたはし》だけでシニカルに笑い、恭介は小実の腕を取って歩き出した。また転ばれたらやっかいだと思ったのだろう。

「飲みものを取ってきてやるから、迷子にならないように、ここでおとなしく待ってろ」

「もう迷子になんてならないよ」

夏祭りに連れていってもらって恭介とはぐれ、迷子になりかけた過去があるので、大きな声で反論できなかった。どうだか、と鼻で笑い、恭介が壁際《かべぎわ》に設けられたドリンクコーナーに向かう。

恭介の姿を目で追っていると、一人の女性が声をかけるのが見えた。見覚えがあるなと思っていたら、バラエティ番組などにも出演している女性誌のモデルだ。

沈《しず》んだ照明の中でも、恭介と彼女の周囲だけきらきらしている。これがオーラというやつなのだろうか。

――恭ちゃんたら、あんな有名人と知りあいなのか……。

さっきまで隣にいた恭介が、いっきに遠くなったように感じられた。

D&Yでアルバイトをしなければ、恭介と再会するどころか、接点がないままだったろう。いまさらながら小実は、アルバイトを紹介《しょうかい》してくれた真山に感謝した。

「ほら」

しばらくして戻ってきた恭介が、綺麗《きれい》な紅《あか》い液体の入ったグラスを手渡《てわた》してくれる。

「ありがとう。これ、なに？」

「ブラッディオレンジジュース」

「ええー、どうせならお酒がよかったな」

ぷうっと頬を膨《ふく》らますと、恭介が揶揄うように目を細めた。その手には、水割りらしいグラスがある。

「飲めるのか？」

「……飲めません」

コンパではもっぱらウーロン茶だし、お正月にお屠蘇《とそ》を舐《な》めるくらいで、アルコールには免《めん》疫《えき》がない。

でもだからこそ、お洒落《しゃれ》なカクテルに挑戦《ちょうせん》したかったのだ。残念に思いつつ、オレンジジュースを一口含《ふく》む。搾《しぼ》りたてなのか、ふだん飲んでいるものより濃厚《のうこう》な味がした。

「わ…、おいしい」

「だろ？　おとなしくジュースで我慢《がまん》してろ」

歓声《かんせい》を上げる小実ににやりとし、恭介が自分のグラスを口許《くちもと》に運ぶ。そんなささいなしぐさも決まっていて、大人の男の余裕《よゆう》と色気のようなものが漂《ただよ》う。

恭介はまったく意に介《かい》していないが、さっきから擦れ違《ちが》う人がちらちらと振り返っていく。

こんな芸能人いたっけ、と記憶《きおく》を探《さぐ》るような貌をしながら。

——かっこいいなあ、恭ちゃん。

ジュースを啜《すす》りながら、小実は誇《ほこ》らしいような気持ちで傍《かたわ》らの恭介を窺《うかが》った。ステージを眺《なが》める恭介の横顔は、彫刻《ちょうこく》のように完璧《かんぺき》に整っている。

けれど恭介の水割りと自分のオレンジジュースにも十歳の年の差が表れているようで、なんだか切なくなった。いつまで経《た》っても、恭介との年の差は埋まらないのだ。

さっきまで気にならなかったオレンジジュースの苦味がやけに舌に残るようで、小実が眉《まゆ》を寄せたときだった。

「よう。楽しんでるか？」

背後から聞き慣れない男の声がした。肩《かた》を叩《たた》かれた恭介が振り返り、相手の姿を認めて唇を綻《ほころ》ばせる。

「羽崎《はざき》。すごい人だな」

「おかげさまで」

どうやら恭介の知りあいらしい。つられて振り返った小実は、恭介に負けず劣《おと》らずの長身の男を認めて目を丸くした。

切れ込んだような一重《ひとえ》の瞳《ひとみ》が印象的な、野性味のあるハンサムだ。たぶん年齢《ねんれい》は、恭介と同じくらいだろう。

一目で上質とわかるシャツに、長い脚《あし》をレザーのボトムに包んでいる。シックな装いに、ヴァンキッシュのものらしいシルバーのアクセサリーがよく映《は》えていた。

「珍《めずら》しいな。連れが、お姉ちゃんじゃないなんて」

「おまえほど無節操じゃないんでね」

羽崎に揶揄われた恭介が、余裕の笑《え》みでやり返す。

会社の受付嬢《うけつけじょう》から派遣《はけん》社員、クライアントの女性社員、果てはCMに起用したタレント。三島や真山から聞いただけでも、恭介と噂《うわさ》になった相手は大勢いる。

隣に住んでいたころも、恭介の部屋を訪《おとず》れる女性を何人も見かけたことがあった。学生のころでさえそんな調子だったのだから、大手広告代理店勤務のクリエイターである現在は、もっともてるだろう。

当然だと思いながらも、淋《さび》しいような切ないような感情に胸が軋《きし》む。これでは、恭介に自分との約束よりもデートを優先されて大泣きした子供のころと変わらない。

会話の邪魔《じゃま》をしないように傍らに控《ひか》えていると、恭介に「小実」と呼ばれた。

「ヴァンキッシュのデザイナーの羽崎政士《まさし》だ」

「……は、初めまして」

仕事の関係でパーティに招かれたと言っていたが、デザイナー本人と知りあいだったのか。恭介の人脈の広さに改めて驚《おどろ》きながら、小実は緊張《きんちょう》気味に挨拶《あいさつ》した。

「あの、十周年おめでとうございます」

「ありがとう」

小実ににっと笑いかけ、羽崎が「で？」と恭介の腕《うで》を肘《ひじ》でつつく。長身の二人が並ぶ姿は壮《そう》観《かん》だった。タイプは正反対だが、どちらも人目を惹《ひ》く容姿の持ち主でもある。

「こんな可愛い子、どこで拾ったんだ？」

可愛い、というのは身長のことだろう。長身の二人に挟《はさ》まれると、いっそう自分が小さくなったように感じられた。

「俺が大学生のころ、隣に住んでたんだ。いまはうちの会社でアルバイトしてる」

「へえ、お隣さんだったのか。いまでもつきあいがあるなんて、珍しいな」

羽崎が軽く眉を上げる。言われてみれば、確かに珍しいカテゴリーに入る交友関係かもしれない。かつての隣人《りんじん》で、いまは同じ会社の社員とアルバイトだなんて。

「いくつ？」

「じゅ……」

「十九歳。大学二年生」

小実が口を開くより早く、恭介が答えてしまった。

「なんでおまえが答えるんだよ」

「べつにいいだろ。知ってるんだから、俺が答えたって」

「ずいぶん過保護だな」

羽崎がにやにやしながら揶揄《からか》うが、恭介は平然としていた。

「そんなわけで、こいつは未成年だし、俺は明日も仕事があるから、ほどほどで帰らせてもらうぜ」

「せっかくのオールなのに、残念だ」

「だったら、木曜日なんかにパーティやるなよ」

恭介に切り返された羽崎が、もっともだ、と肩を竦《すく》める。恭介と羽崎は仕事上のつきあいがあるだけでなく、個人的にも親しいようだ。二人の口調からも親密さが窺えた。

「じゃ、楽しんでってくれ」

そう言い置いて、羽崎は踵《きびす》を返した。待ち構えたように、ほかの客から声がかかる。

「なんか……迫力《はくりょく》のある人だね」

客と談笑《だんしょう》する羽崎の姿を眺めながら、ほっと息をつく。羽崎のようなアクの強いタイプは周囲にいないから、ちょっと緊張してしまった。

「羽崎とは大学生のころからの知りあいなんだが、昔からあんなだったな。あいつが幼稚園児《ようちえんじ》だったころとか、想像できないだろ？」

確かに。羽崎には申し訳ないが、子供のころがあったなんて想像がつかない。

「学生のころから彫金《ちょうきん》やってるのは聞いていたが、まさかここまで成功するとは思わなかったな。あいつはあいつで、俺に対して同じことを思ってるらしいが」

才能が才能を呼ぶのか、恭介の周囲には特別な才能の持ち主が集まるらしい。

比べるのもおこがましいけれど、それに比べて自分は、とつい思ってしまう。小実が通う大学は偏差値《へんさち》が高いことで知られる有名私立大学だ。でもそれは真面目《まじめ》に勉強した成果であって、このさきの人生を保障するものではない。

さっき恭介が羽崎に説明したように、ただの大学生で、アルバイトでしかないのだ。何者でもない、ちっぽけな存在。

「ほら、次はおまえの目当てのユニットが出てくるみたいだぜ」

「あ、うん」

恭介に肩を抱《だ》かれて、ステージが見やすいように前へ押しやられる。外国人バンドが袖《そで》に引っ込み、ステージは無人になっていた。

へこみかけたのが嘘《うそ》のように、いっきに気持ちが浮上《ふじょう》する。どきどきするのはライブへの期待感なのか、それとも肩に添《そ》えられた恭介のぬくもりのせいなのかわからないまま、小実はステージを見つめた。


「高見さん」

「ああ、久しぶり。相変わらず綺麗《きれい》だね、果穂《かほ》ちゃん」

「やっだー、高見さんたら口がうまいんだから」

恭介の腕を叩くふりをするが、女性のほうはまんざらでもない様子だ。彼女もまたモデルで、最近はドラマでも見かけるようになった。

長身の自分がいては、後ろの客が見えないと思ったのだろう。小実のお目当てのユニットがライブをはじめるや否《いな》や、後ろで待ってるから、と恭介は壁際《かべぎわ》のカウンターに引っ込んでしまった。

ライブが終わって恭介の許に行こうとしたのだが、次々に知りあいがやってくるのでタイミングが摑《つか》めない。邪魔をしないように、小実は少し離《はな》れた場所で話が終わるのを待つことにした。

——恭ちゃんてば、本当にもてるんだなあ……。

さきほどから見ていると、恭介に声をかけるのは圧倒的《あっとうてき》に女性が多かった。モデルやらタレントもいれば仕事関係者らしき女性もいたが、いずれも目を瞠《みは》るような美女ばかりだ。おまけに、恭介を見つめる彼女たちのまなざしは、ただの仕事相手や顔見知りに対するものとは思えないほど熱かった。

恭介と女性とのツーショットを眺《なが》めているうちに、どんよりとした気持ちになる。恭介との距離《きょり》を感じるだけでなく、なんだかとても嫌《いや》な感情が胸の奥底でざわめいていた。

恭介と女性との話は、まだ終わりそうにない。じっとしているのも暇だし、クラブの中を見てこようかなと思っていると、肩に誰かの手が置かれた。

「高見のやつ、保護者の責任を放棄《ほうき》してるな」

「は…羽崎さん」

驚いて振り返った小実を見て、悪戯《いたずら》が成功した子供のように羽崎がにやりとした。きつい目許《もと》が笑みに細められると、近づきがたい印象がいっきに薄《うす》れる。

「なあ、名前は？」

「森本です。森本小実」

「名前ぴったりに成長してよかったな」

「ぴったり、ですか……」

名前どおり、小さいと言いたいのだろう。ちょっとしょんぼりすると、羽崎が吐息《といき》だけで笑った。

「せっかく可愛い名前なのに、プロレスラーみたいなごつい野郎《やろう》に成長してたら、イメージに合わないだろ」

いちおう褒《ほ》めてくれたのだろうか。小実が戸惑《とまど》っているうちに、羽崎がトレイを携《たずさ》えたギャルソンを呼び止めた。

「なにか飲まないか？」

「あ…あの、オレンジジュースかウーロン茶をお願いします」

「真面目だな」

おやと眉《まゆ》を上げて、羽崎がオレンジジュースをくれた。洒落《しゃれ》たフルートグラスに入っているが、さきほどとは違《ちが》ってごくふつうのオレンジジュースのようだ。

「乾杯《かんぱい》」

羽崎が持った水割りのグラスとフルートグラスとで乾杯する。オレンジジュースだと思い込んでいた小実は、なんの疑いもなく口にした。違和感《いわかん》に気づいたのは、一口飲んだあとだ。

「これって……」

「ミモザってカクテル。ジュースに毛が生えたようなもんだよ」

「はあ……」

本当に大丈夫《だいじょうぶ》かなあと思いながら、恭介のほうをちらりと窺《うかが》う。さきほどのモデルとはまたべつの女性が、恭介の肩に触《ふ》れるのが見えた。

ずっと放っておかれているし、羽崎が勧《すす》めてくれたのに、飲まないのも失礼だ。女性と楽しそうに話す恭介を見てむかっとした気持ちがなんなのかわからないまま、小実はもう一度グラスをあおった。

羽崎の言うとおり、アルコール度数はさほど高くないようだ。オレンジの酸味と甘さがほどよくて、飲みやすい。

「気に入った？」

「はい。おいしいですね、これ」

小実の反応を見守っていた羽崎が、肉厚の唇《くちびる》を綻《ほころ》ばせる。乾杯してからも羽崎が立ち去る気配はなく、小実はなにか話題を提供しなければと焦《あせ》った。

「羽崎さんは、恭ちゃ…いえ、高見さんとは大学時代からの知りあいなんですか？」

「ああ。お互《たが》いこういうとこで遊んでてね。何度か顔を合わせるうちに、なんとなく話すようになったんだ。会社を立ち上げてからは、D&Yに仕事を依頼《いらい》するようになって……まあ、腐《くさ》れ縁《えん》みたいな感じかな」

羽崎が恭介と知りあったころのエピソードや、いっしょに組んだ仕事について話してくれる。話に耳を傾けながらも、小実は恭介の様子が気になってしょうがなかった。時折様子を窺うと、頬《ほお》が触《ふ》れそうな距離で女性と顔を寄せあって話をしている。まるで恋人同士のような親密な雰《ふん》囲気《いき》だ。

なんだかむかむかしてしまい、紛《まぎ》らわせるようにしてグラスをあおる。喉《のど》が渇《かわ》いていたこともあって、気がついたときにはグラスが空になっていた。すかさず羽崎が、「もう一杯《ぱい》くらい飲めるだろう？」とお代わりをくれる。

「高見のことが気になるのか？」

「え…っ、あ……その」

上の空なのを見抜かれて、小実はどきりとした。気分を害したのではと心配になったが、羽崎はおもしろそうににやにやしている。

「ずいぶんあいつに懐《なつ》いてるんだな。あいつが、『恭ちゃん』なんて呼ばれてるとはね」

「あ、それは昔からの癖《くせ》で……」

内心で焦《あせ》りながら説明していると、ようやく女性との話を終えた恭介がやってきた。

「なんの話してるんだ？」

「おまえの話」

羽崎がちらりと小実を見遣《みや》り、思わせぶりな目配せをよこす。

「こんな可愛い子を一人にするなよ」

「知りあいに声をかけられたんだから、仕方ないだろ」

「はいはい、おモテになることで」

　恭介の肩をぽんぽんと叩《たた》き、羽崎はじゃあな、と手を上げて去っていった。

　もしかして羽崎は、小実を一人にしないように気遣《きづか》ってくれたのだろうか。去っていく羽崎の後ろ姿に向かって、小実はぺこりと頭を下げた。急な動作に頭の芯《しん》がくらりと揺《ゆ》らぐ感覚があって、思わずこめかみに手をやる。

　なんだろう。気のせいかなと首を傾《かし》げていると、恭介に髪を撫《な》でられた。

「そろそろ帰るぞ」

「うん……ぁ、っ」

　歩き出したとたんにかくんと膝《ひざ》が砕《くだ》けて、とっさに恭介の腕《うで》にすがる。ふわふわして、うまく体に力が入らない。

「小実？」

「なんか、変かも……」

　体中の骨が溶《と》けてしまったかのようだ。軟体《なんたい》動物のようにぐんにゃりした体を恭介に支えられながら、小実は異変を訴えた。

「具合が悪いのか？」

「うー……」

　気分が悪いわけではないけれど、なにかがおかしい。よくわからない、と頭を振ると、視界がまた回った。

「酔《よ》っ払《ぱら》ったんじゃないだろうな。羽崎と話してるときに、なんか飲んでただろ」

綺麗《きれい》な人たちとの会話に夢中で、自分のことなんて見ていないと思ったのに。恭介に嘘《うそ》をつくことなどできず、小実はなるべく頭を動かさないようにして小さく頷いた。

「ミモザとかいうカクテルを……えっと、二杯《はい》」

「ったく、しょうがないな」

いまいましげに呟《つぶや》いて、恭介が舌打ちする。あいつも、と続いて聞こえたような気がしたが、聞き間違《まちが》いかもしれない。

「ごめんなさい」

たった二杯のカクテルで酔っ払った自分が情けなくて、小実は薄《うす》い肩《かた》を落とした。そのあいだにも発熱したときのように体温が上昇《じょうしょう》していく。

酔っ払うと、こうなるのか。これまでまともにアルコールを飲んだことがなかったから、酔っ払ったこともなかった。

「――え……？」

うなだれた視線のさきで、床《ゆか》のタイルがゆらりと揺れる。地震《じしん》かと思ったが、そうではないようだ。

「小実？」

ぐにゃぐにゃなのは、体だけでなく視界もだった。両肩を掴《つか》まれて見上げた恭介の顔が、ぐにゃりと歪《ゆが》んで見える。

「恭ちゃん、僕……」

それ以上続けられなかった。視界がぐるぐると回りはじめ、心配そうな恭介の貌も、その背後で踊《おど》る人々も、なにもかもが渦巻《うずま》きに呑《の》み込まれていく。

「おい、小実っ」

恭介の焦ったような声を聞きながら、小実はすうっと意識が遠のいていくのを感じた。

「小実」

恭介の声がする。

どうやら、夢を見ているらしい。恭介の夢を見られるなんて、今朝はついている。

だらしなく頰を緩《ゆる》め、小実は惰眠《だみん》を貪《むさぼ》ろうと小さく丸まった。朝は、目覚まし時計が鳴るぎりぎりまで寝《ね》ていたいタイプなのだ。

——あ……？

寝返りを打とうとしてなにかにぶつかり、違和感《いわかん》を覚えた。おまけにスプリングの具合が、いつも寝ているベッドと違《ちが》う。

「おい、小実」

もう一度恭介の声がして、少しひんやりとした指に額を撫でられた。夢にしてはやけにリアルな感触《かんしょく》に、眠《ねむ》りの中をたゆたっていた意識がゆっくりと覚醒《かくせい》する。

「……あれ、恭ちゃん？」

最初に視界が捉《とら》えたのは、間近から見下ろす恭介の貌だった。眉間《みけん》に皺《しわ》を浮《う》かべて、心配そうな表情をしている。

まだ夢を見ているんだろうか。だが何度か瞬《まばた》きをしても、恭介の姿は消えなかった。

「あれ、じゃない」

ぺしりと額を軽くはたかれて、今度こそ意識がはっきりする。

のろのろと視線を巡《めぐ》らせると、見覚えのない天井《てんじょう》が、次にブラインドを下ろした窓が見えた。部屋には事務用のロッカーがあるだけで、家具らしいものはない。

いささか殺風景な部屋の中央に据《す》えられたソファに、小実は毛布をかけられて寝かされていた。ずいぶん大きなソファで、小柄《こがら》な小実が横たわってもだいぶゆとりがある。恭介はソファの肘《ひじ》掛《か》けに腰《こし》かけ、小実を見下ろしていた。

「ここって……」

「クラブの二階にある控《ひか》え室だ」

恭介にヴァンキッシュのパーティに連れていってもらって、ユニットのライブを見て、デザイナーの羽崎さんにも会って――それで、どうしたんだっけ。うまく繋《つな》がらない記《き》憶《おく》を思い出そうとしていると、恭介のまなざしがじわりと険しくなった。

「覚えてないのか？　酔っ払って、倒《たお》れたこと」

恭介に言われてようやく、小実は自分の身になにが起きたのかを思い出した。あの渦巻き模様の悪夢は、現実だったのだ。

目が回り出したあたりで記憶が途切《とぎ》れているから、たぶんここまで恭介が運んでくれたのだろう。

せっかくパーティに連れてきてもらったのに、言いつけに背《そむ》いてアルコールを飲んだ挙句、恭介に迷惑《めいわく》をかけるなんて最悪だ。いますぐ恭介の目の前から消えてしまいたいほど、いたたまれなかった。

「ごっ、ごめんなさい…っ」

慌《あわ》てて起き上がろうとすると、恭介に制止された。

「急に起きるな。また目を回されたら、敵《かな》わない」

「……はい」

迷惑をかけたから、きっと嫌《きら》われたのだ。恭介の声が突《つ》き放すように冷たく響《ひび》いて、小実はすっかりしょげた。恭介に言われたとおり、ソファの上にそろそろと起き上がる。

「気分は？　頭は痛くないか？」

「もう大丈夫《だいじょうぶ》、です」

反省のあまり、つい敬語になる。それだけ、恭介の手を煩《わずら》わせたことが申し訳なかったのだ。

頬《ほお》はまだ火照《ほて》っているし、少しふわふわした感覚があるけれど、酔っているせいなのか、寝起きのせいなのかわからない。

パーティで恭介と話をしていた綺麗な大人の女性たちは、こんな間抜《まぬ》けな失態は犯《おか》さないだろう。カクテル二杯で酔っ払うなんて、本当に自分は子供だ。情けなさにつんと鼻先が痛んで、小実はますますうなだれた。

「怒《おこ》ってるんじゃない。心配してるんだ」

「……、……」

恭介がふっと息をつく気配があって、伸《の》びてきた手に髪《かみ》を掻《か》き混ぜられる。

同級生にいじめられてつらかったとき、逆上がりができなくて悔《くや》しかったとき、飼っていた金魚が死んで悲しかったとき。いつも恭介はこうして、小実の頭を撫でて慰《なぐさ》めてくれた。ふだんは揶揄《からか》われたり、騙《だま》されたりしても、恭介は肝心《かんじん》のときにやさしくしてくれた。だから小実は、恭介のことが大好きだったのだ。

いまも、頭を撫でてくれるしぐさはうっとりするほどやさしい。恭介のぬくもりが嬉《うれ》しくて、なのに、どうして泣きたくなるんだろう。

眦《まなじり》がじんわりと熱を持つ。込み上げてきた涙《なみだ》を掌《てのひら》で拭《ぬぐ》おうとすると、恭介に遮《さえぎ》られた。

「馬鹿《ばか》、擦《こす》るな」

恭介の手に頰を包み取られて、まともに目が合う。紅《あか》く潤《うる》んだ小実の瞳《ひとみ》を目にし、恭介が困《こん》惑《わく》したように眉《まゆ》をひそめた。

「なんだよ、泣くことないだろ」

違うと言いたかったけれど、少しでも声を出したら泣いてしまいそうだった。恭介に頰を捉えられたまま、小さくかぶりを振《ふ》る。

「違うっていったって、目が紅くなってるぜ」

恭介に間近から目を覗《のぞ》き込まれ、心臓が止まりそうになった。吸い込まれそうな闇《やみ》色の瞳に、自分の貌が映っている。

どきどきして息苦しいのに、どうしてか目を逸《そ》らせなかった。じっと見つめ返していると、恭介の双眸《そうぼう》がじわりと細められる。

部屋の空気が、いっきに密度を増したように感じられた。同時に、目の前にいる恭介の存在を強烈《きょうれつ》に意識する。さきほど転びかけた自分を抱《だ》きとめてくれたときの逞《たくま》しい腕《うで》の感触や、胸《むな》板《いた》の厚みが体感とともに蘇《よみがえ》った。

「小実」

少し掠《かす》れたせいで、いつもよりずっと甘みを帯びた声。

艶《つや》っぽいニュアンスを含《ふく》んでいるようで、切ないような、苦しいような感情に胸を締《し》めつけられる。いったいなんなんだろう、この気持ちは。

「……恭ちゃん……？」

恭介の名前を口にしたのがなにかの合図だったかのように、摑《つか》んだ頬を引き寄せられる。

視界いっぱいに恭介の顔が広がり、小実は思わず目を閉じた。恭介の吐息《といき》が、頬を掠めてくすぐったい。

――キス、される。

「――っ……」

しかし、いつまで経《た》っても恭介の唇《くちびる》は落ちてこなかった。胸許に抱き寄せられて、ぐずる子供をあやすように、ぽん、ぽんと背中を叩《たた》かれる。

自分の勘違《かんちが》いを悟《さと》り、小実はかあっと全身を火照らせた。どうして恭介にキスされるなんて、馬鹿なことを思ったんだろう。

恭介も男で、自分も男で。そういった趣味《しゅみ》でもなければ、ふつうは男同士でキスなんかするはずがない。恭介と結婚《けっこん》すると言っていた子供のころとは違い、小実もそれくらいの常識は弁《わきま》えている。

まして、恭介はあんなにもてるのだ。男で、まだ子供で、とくに整った容姿をしているわけでもない自分に手を出す必要などあるはずがない。

馬鹿な勘違いをしたと思いながらも、恭介にただ抱きしめられて、肩透《かたす》かしを喰《く》ったような気分になっている自分が不可解だった。いつも絶対の安堵《あんど》をもたらしてくれる恭介の腕の中にいながら、落胆《らくたん》している自分が。

そこまで考えて、はっとした。落胆しているのは、期待が外れたからだ。恭介に、キスされるかもという期待が――。

「あっ、ありがとう。もう大丈夫だから」

自分で自分の考えに狼狽《ろうばい》し、恭介の胸を押しやる。自分から離《はな》れたくせに、恭介のぬくもりが消えると、ひどく心許《こころもと》ない気分になった。

「これに懲《こ》りたら、しばらく酒はやめておけよ」

顔を上げた恭介のまなざしからは、もうさきほどの不可解な熱が消えていた。軽く眉をひそめて、小実の額をつつく。

「うん……ごめんなさい」

小実の言葉に一つ頷《うなず》き、恭介が「帰るぞ」と肘掛けから腰を上げる。妙《みょう》に濃密《のうみつ》で、息苦しい空気もまた、いつの間にか霧散《むさん》していた。

「家まで送ってってやる」

「そんな……いいよ。まだ電車がある時刻だし、もう酔《よ》っ払《ぱら》ってないから」

思いがけない恭介の申し出に、小実はとんでもない、とかぶりを振った。これ以上恭介に迷惑はかけられない。

「帰る途中《とちゅう》、またどこかで寝《ね》こけて風邪《かぜ》でも引いたらどうするんだ。いまの季節じゃ、外で寝たら凍死《とうし》する可能性だってあるんだぞ」

「と、凍死…っ？」

雪山じゃあるまいしと思うものの、カチンコチンの凍死体になった自分をつい想像してしまった。朝晩の冷え込みの厳しいいまの季節なら、ありえないことではない。

怖気《おじけ》づく小実に、恭介が追い討《う》ちをかける。

「でもそのまえに、おまえならすっ転んで頭を打ちそうだな。酔っ払って転んで、致命的《ちめいてき》な怪《け》我《が》をするケースってけっこう多いんだってよ」

クラブで転びかけて恭介に助けられただけに、反論できなかった。しかも、あのときはまだ素面《しらふ》だったのだ。

「ほら、行くぞ」

有無《うむ》を言わさぬ口調で言い放ち、恭介が小実の腕を摑む。

いささか強引《ごういん》ではあるけれど、ちゃんと帰れるか心配してくれているのだ。そのくせ、恩着せがましいことを言わないのが恭介らしい。

恭介に引きずられるようにして控《ひか》え室を出て、エレベーターに向かう。

子供のころは、恭介に抱っこしてもらうのが大好きで、自分から彼の腕に飛び込んでいったものだ。再会してからも、頭を撫《な》でられたり、頰を引っ張られたりと、スキンシップは頻繁《ひんぱん》だった。

なのにいまは、背中を抱く恭介の体温を感じているだけで、奇妙《きみょう》な息苦しさが募《つの》っていく。

——もしさっき、本当に恭ちゃんにキスされてたら……。

どきどきしすぎて、心臓が破裂《はれつ》していたかもしれない。想像しただけで、心臓がおかしくなりそうだった。

「どうした？」

「ううん。なんでもない」

かぶりを振り、自分からスーツに包まれた腕にしがみつく。恭介にキスされる場面を想像したことが、ひどくやましかった。

「今日はごめんなさい。……それと、ありがとう」

恭介が微笑《ほほえ》む気配がして、頭の上にぽんと手が置かれる。恭介に頭を撫でてもらえるなら、この身長も悪くない。

「またなにかあったら、連れてってやるよ」

「うん。楽しみにしてる」

わけのわからない感情から逃《のが》れたくて、無邪気《むじゃき》な子供のそぶりで恭介に擦《す》り寄る。子供でいる限りは、恭介に甘えることが赦《ゆる》されるのだから。

3

天井《てんじょう》まである窓から、うららかな陽射《ひざ》しが降り注ぐ。

閲覧《えつらん》席で居眠《いねむ》りしている社員を横目に、小実は込み上げてきたあくびを嚙《か》み殺した。昼食後とあって、さっきから眠気《ねむけ》が断続的に襲《おそ》ってくる。正直なところ、仕事中に居眠りできる社員が羨《うらや》ましい。

昨日は結局、恭介にアパートまでタクシーで送ってもらった。帰宅がいつもより遅《おそ》くなったうえ、ベッドに入ってからもなかなか眠《ねむ》れず、今日は完全に寝不足《ねぶそく》だ。

「674のイ……ここかな」

ラベルに記された番号を確かめながら、返却《へんきゃく》された本を書架《しょか》に戻《もど》す。いつもは三島がやっているのだが、今日は風邪で欠勤《けっきん》しているため、小実が彼女の仕事をいくつか請《う》け負うことになった。おかげで今日は、いつにも増して忙《いそが》しい。

三時になったら、郵便物を取りに行かないと。仕事の段取りを考えながら書棚《しょだな》に本を並べていると、背後に人の気配を感じた。

「……わ、っ」

肩を叩かれて振り返った小実の視界に、なにか肌色《はだいろ》のものが飛び込んでくる。それが頰《ほお》に突《つ》き立てられてやっと、誰かの人差し指であることを認識《にんしき》した。

「引っかかったな」

ただでさえ大きな瞳《ひとみ》をさらに瞠《みは》った小実を見て、指の持ち主である恭介がにんまりとする。恭介のほうが遅く帰宅したはずなのに、切れ長の瞳は冴《さ》え冴《ざ》えと澄《す》んでおり、端整《たんせい》な顔立ちには寝不足の気配などかけらもない。

「いまどき、こんな手に引っかかるやつがいるとは思わなかった」

「僕だって、いまどきこんな悪戯《いたずら》をされるとは思わなかったよ……」

こんなつまらない手に引っかかるなんて、と小実はがくりと肩を落とした。社内にいる限り、いつなんどきも油断してはならないのだ。

「二日酔いにならなかったか？」

「うん。大丈夫《だいじょうぶ》」

今朝起きたときは寝不足なだけで、あとはなんともなかった。どうやら恭介は、心配して様子を見に来てくれたらしい。

今日の恭介は、珍《めずら》しくネクタイを締《し》めている。恐《おそ》らく、クライアントを訪ねる予定があったのだろう。忙しい仕事の合い間を縫《ぬ》って、自分の様子を見に来てくれたのだ。

「昨夜《ゆうべ》はいろいろありがとう。迷惑《めいわく》かけて、ごめんなさい」

改めて礼を言うと、恭介がわざとらしいしぐさで自分の眉間《みけん》を揉《も》んだ。

「まったくだ。ジュースみたいなカクテル二杯《はい》で倒《たお》れるとは思わなかったぜ」

「あっ、あんまり大きな声で言わないでよ」

アルバイト初日に恭介と交《か》わした会話が資料室の人々に筒抜《つつぬ》けだったように、昨夜の自分の失態が知れ渡ったらたいへんだ。

とっさに恭介の口許《くちもと》を塞《ふさ》ごうとした小実は、腕に触れてびくりと固まった。確かな骨格で形成された腕の感触に触発されて、昨夜の抱擁《ほうよう》を思い出してしまう。自分を包み込んだぬくもり、頬を掠《かす》めた恭介の吐息《といき》。

「あ…っと、その……ごめんなさい」

酔《よ》ってもいないのに頬が熱くなり、小実はぎこちないしぐさで恭介から離れた。どうしたんだろう。昨夜から、なにかがおかしくなった気がする。

「なんだよ、しおらしいな」

形のよい眉をおもしろそうに上げて、恭介が小実の額をつつく。恭介の唇がやけに目について、小実はますます焦った。

「昔は俺の意思を無視して、『恭ちゃんと結婚する』って言い張った挙句、無理やりキスしたくせに」

「そ、それは子供だったからだよ…っ！」

恭介の口から出たキスという単語に、頬が火を噴《ふ》きそうになった。恭介からのキスを期待したことを見抜かれたようで、恥ずかしくてたまらない。

「男同士では結婚できないって、恭ちゃんが教えてくれればよかったのに……！」

「勘違《かんちが》いしてるおまえが、あんまりおもしろかったから」

「ひどいよ……っ」

どうせそんなことだろうとは思ったけど。にやにやしている恭介をきっと睨《にら》むと、いきなり鼻を摘《つ》まれた。「ふが」という頓狂《とんきょう》な声が出て、一瞬《いっしゅん》呼吸ができなくなる。

「社内じゃ、高見さんて呼べって言っただろ？」

小実が返事をするより早く、恭介の背後で尖《とが》った声がした。

「静かにしてくれないか。大声で話されては、利用者の迷惑になる」

通路に仁王立《におうだ》ちになった宮越が、声音《こわね》以上に剣呑《けんのん》な表情で恭介をねめつけていた。大声を出していたのは恭介ではなく、小実のほうであるにもかかわらず。

「はいはい、そりゃ失礼しました」

小実の鼻から手を離し、恭介が肩を竦《すく》める。どうやら、恭介のほうも宮越を好ましく思っていないようだ。資料室にやってきても、宮越に声をかけるのを見たことがない。

恭介の飄々《ひょうひょう》とした態度に、宮越のまなざしが険を増した。恭介もまた挑発《ちょうはつ》するような笑《え》みを湛《たた》えて、宮越の険しい視線をまっすぐに受け止める。

二人のあいだに一触即発《いっしょくそくはつ》の険悪な雰囲気が漂う。自分のせいだ、と小実はあたふたと頭を下げた。

「す、すみません…っ」

閲覧席ではさきほどの社員がまだ居眠りを続けており、ほかに利用者の姿はなかったが、場所を弁《わきま》えずに騒《さわ》いだのは確かだ。いくら恭介に揶揄われたとはいえ、学生じみた自分の振る舞いが恥ずかしかった。


「森本くんは悪くないよ。気にすることはない」

妙にやさしい声でしゅんとした小実を慰《なぐさ》めると、宮越は表情を一変させて再び恭介を睨んだ。

「おまえがやってくると、森本くんの迷惑になる」

「昔馴染《むかしなじ》みのよしみで、こいつの親御《おやご》さんから、よろしくって言われてるんでね」

いつの間に親と連絡を取ったのだろう。アルバイトさきで恭介に再会したことは母親にも報告してあるが、恭介に挨拶《あいさつ》するなんてことは一言も聞いていない。

親から頼《たの》まれていると言われては、それ以上口を挟《はさ》めなかったらしい。宮越が苦虫《にがむし》を嚙み潰《つぶ》したような貌になった。

「とにかく、資料室で騒がれては迷惑だ。非常識な真似《まね》はやめてくれ」

「騒ぐってほどじゃないだろ。気分転換《てんかん》を兼《か》ねて、小実の様子を見に来ただけだ」

なにを言われても、恭介は泰然《たいぜん》としている。傍《かたわ》らで見ていた小実には、宮越がむっとしたのがわかった。

「おまえは気楽でいいな」

「おかげさまで。宮越もクリエイティブ局に移ってきたらどうだ」

「――ッ」

不敵な表情で恭介が言い放った刹那《せつな》、宮越の顔色が変わった。

無言で背中を向けて、足音荒《あら》く自席に戻っていく。宮越の隣席《りんせき》の同僚《どうりょう》が、またかと言いたげな表情で顔をしかめた。

「北山さんがいないからってカフェでさぼってたくせに、偉《えら》そうな口利《き》くなっての」

宮越を撃退《げきたい》した恭介が鼻で嗤《わら》う。

午後になって北山が会議に行ったあと、宮越も姿が見えなくなっていた。仕事だろうと思っていたが、どうやらカフェでさぼっていたらしい。

それにしても、どうして宮越は恭介の発言にあれほど反応したのだろう。少し過剰《かじょう》な気がして、小実は小声で恭介に訊《たず》ねた。

「宮越さん、どうしたの？　どうして、あんなに……」

「あいつ、クリエイティブ局への転局試験を受けて落ちたんだよ。なんだか知らないが、営業から内勤に異動になったのも、転局試験に落ちたのも、俺のせいだと思ってるらしい」

俺みたいな一社員にそんな力ないっての、と恭介がいまいましげに呟《つぶや》く。

恭介にしてみれば、勝手に逆恨《さかうら》みされて突っかかってこられるのだから、たまったものではないのだろう。そうでなければ、いくら歯に衣着《きぬき》せぬ恭介でも、相手の傷口を抉《えぐ》ったりしないはずだ。

「あいつが営業やってたときに、いっしょに仕事をして揉めたことがあったからかもな」

宮越が営業をしていたころ、失礼な言動をしてクライアントを怒《おこ》らせたというエピソードを三島から聞いている。恭介と仕事をしていたときにも、なにかそういったトラブルがあったのかもしれない。

「ねえ、うちの親、いつ恭ちゃんに挨拶したの？」

「いや。たんなる出任せだ」

あっさり嘘《うそ》であることをばらされ、小実は唖然《あぜん》とした。舌先三寸の恭介が相手では、宮越に勝ち目はないだろう。

「そういや、美和子《みわこ》さんは元気か？」

「元気だよ。いまは、趣味《しゅみ》でフラメンコ教室に通ってる」

「うっわ、似合いそう。見てみたいな」

自分の母親に興味を示す恭介に、小実は複雑な気持ちになった。母の美和子はけっこうな美人で、隣《となり》に住んでいたころの恭介は彼女のファンであることを公言していたものだ。

もしかして恭介は、母のことが好きだったのだろうか。

自分にやさしくしてくれたのも、そのせいだったのかもしれない。なぜだかわからないけれど落ち込みかけていると、頬《ほお》をむにっと摘まれた。

「変な貌」

「恭ちゃ…高見さんが、摘むからだよっ」

ぷっと吹《ふ》き出した恭介の手を振《ふ》り払《はら》い、小実は少し潤《うる》んだ目で睨んだ。

「息抜《いきぬ》きばかりしてないで、そろそろ部署に戻《もど》ったほうがいいんじゃないですか？」

「お、言うようになったな」

怒るどころか嬉《うれ》しそうににやりとし、恭介はぽんと小実の頭を叩《たた》いた。

「じゃあな。ちゃんと仕事しろよ」

資料室を出ていく恭介の広い背中を見送り、ひそかにため息をつく。

恭介の態度は、これまでとまったく変わっていない。ほっとする一方で、拍子抜《ひょうしぬ》けしたような気分だった。

昨夜の恭介の妙に熱いまなざしや、濃密《のうみつ》な雰囲気はなんだったんだろう。クラブでの出来事を思い出して、眠《ねむ》れなかった自分が馬鹿馬鹿《ばかばか》しく思えてくる。

きっと、酔っ払《ぱら》っていたせいで勘違いしてしまったのだ。恭介が自分になどキスするはずがない。

昨夜おかしかったのは恭介ではなく、小実のほうだ。そして、それは一夜明けた今日も続いている。

恭介の体温をこれまでと違《ちが》った意味で意識したり、話している最中、恭介の唇に目を奪《うば》われそうになったり。本当に自分は、どうかしてしまったのだと思う。

——気のせいだ、気のせい。

もう昨夜のことを考えるのはやめよう。自分に言い聞かせて頭の中から昨夜の出来事を追い出し、仕事の続きに取りかかる。

机に戻った宮越が、書架《しょか》のあいだから覗《のぞ》く自分の姿を凝視《ぎょうし》していることなど、小実はまったく気づいていなかった。

「いつもありがとう。これからも、よろしく頼みます」

「こちらこそ、よろしくお願いします」

隣に座った北山から改めて挨拶をされ、小実もまた頭を下げた。

アルバイトをはじめてから十日あまり経《た》った今日、小実の歓迎会《かんげいかい》が会社近くの居酒屋で開かれた。

もっと早くにやりたかったんだけど、みんなの都合がなかなかつかなくてね――北山に遅《おそ》くなったことを詫《わ》びられて、小実のほうが恐縮《きょうしゅく》してしまった。

たかがアルバイトに過ぎない自分のために、歓迎会なんて開いてもらっていいのだろうか。三島によると集まって飲むための大義名分だというのだが、資料室の一員だと認めてもらえたようで嬉しかった。

「じゃあ、森本くんを歓迎して乾杯《かんぱい》」

北山の音頭《おんど》で乾杯する。小実のグラスにも、乾杯のために二センチばかりビールが入っていた。

「……ぅ」

やっぱり、苦い。グラスに口をつけた小実は、顔が歪《ゆが》みそうになるのをぐっと堪《こら》えた。

ビールを飲むのは、高校生のころに義父から一口もらって以来だ。好奇心《こうきしん》から飲んだものの、あまりの苦さに辟易《へきえき》した覚えがある。

あれから少しは成長したはずだけれど、味覚のほうは変わっていなかったようだ。この調子では、ビールの苦味がおいしいと思えるようになるのはいつのことだろう。

「ほら、森本くん」

もう一方の隣に陣取《じんど》った宮越がビール瓶《びん》を持って、酌《しゃく》をしてくれようとする。

「い、いえ。もう充分《じゅうぶん》です」

「もしかして、ビールが苦手なの？」

「それもあるんですけど、あんまりお酒が飲めなくて……」

いまどきの男子大学生で、お酒が飲めないなんて珍《めずら》しいだろう。気恥《きは》ずかしさを押し殺し、アルコールに免疫《めんえき》がないことを打ち明ける。

「そうなんだ。じゃあ、カクテルなんかどう？」

宮越からメニューを差し出され、小実はどうしよう、とためらった。恭介からは、酒はやめておけと言われている。カクテル二杯《はい》で酔《よ》っ払ったのだから、当然だ。

「宮越くん、森本くんにあんまり無理強《むりじ》いしないようにね」

「無理強いなんかしていません」

北山がやんわりと釘《くぎ》を刺《さ》すと、宮越はむっとした口調で言い返した。盛り上がりかけていた空気が、いっきに気まずいものになる。

「あ、あの、大丈夫ですから」

小実が明るく取り成すと、北山がすまないねと目顔で謝ってきた。人事部からの命令で宮越を引き取ったものの、ほとほと手を焼いているのだ。向かい側に座った三島などは、あからさまに顔をしかめている。

だが宮越本人だけは、凍《こお》りつきかけた場の雰囲気《ふんいき》にまったく気づいていなかった。

「このあたりのなら、飲みやすいと思うよ。一杯《いっぱい》くらい、試《ため》してみてもいいんじゃない？」

「そうですね……」

このあいだのパーティでは二杯飲んでアウトだったので、一杯だけなら大丈夫かもしれない。宮越が勧《すす》めてくれるのに、断るのは気が引けた。

それに、酒が飲めないと就職してから困るだろう。いまから、少しずつ慣らしたほうがいいのではないか。

なんのかんのと理由をつける小実の脳裏《のうり》には、さまになったしぐさでグラスを傾《かたむ》ける恭介の姿があった。

あのパーティの夜以降、恭介にはこれまでどおり接している。けれど、なにげなく髪《かみ》を撫《な》でてくれた恭介の指先の感触《かんしょく》を何度も反芻《はんすう》したり、ふとした弾《はず》みに触《ふ》れた恭介のぬくもりに鼓動《こどう》を速くしたり――小実の内面には、これまでとは明らかに異なる変化が起きていた。

恭介と顔を合わせるたび、正体のわからない感情が胸の奥に降り積もっていく。どきどきして落ち着かなくて、じりじりするような気持ちは、けれど、不愉快《ふゆかい》なものではなくて――。

じっとこちらを見つめる宮越の視線を感じ、小実ははっと我に返った。

「あ、あの、じゃあ、一杯だけ」

「そうだよ。君のための歓迎会なんだし」

小実の返事に、宮越がにっこりする。宮越は気分にむらがあるタイプで、機嫌《きげん》の悪いときは取りつく島もないほどなのだが、今日はやけに機嫌がよかった。

ソーダで割ってあれば飲みやすいだろうと、カシスソーダを頼《たの》む。

「どう？　飲めそう？」

「はい。おいしいです」

このあいだ飲んだカクテルよりも、アルコール度数は低いかもしれない。飲み口のよさに騙《だま》されてはいけないとわかっているけれど、ジュースのような味にほっとした。

「どんどん飲んで。もし酔っ払ったら、僕が家まで送ってあげるよ」

「ありがとうございます」

宮越の機嫌を損《そこ》ねないように礼を述べながらも、アルコールはこの一杯だけにしておこうと、小実は固く誓《ちか》った。

「森本くん」

誰《だれ》かに名前を呼ばれて、肩《かた》を揺《ゆ》すられる。

心地《ここち》よいまどろみから唐突《とうとつ》に起こされた小実は、目の前の人物を見てはっと息を呑《の》んだ。

「宮越さん…」

タクシーの後部座席に宮越と並んで乗っているうちに、うとうとしてしまったらしい。すでにタクシーは、小実が一人暮らしをしているアパートの近くを走っていた。

宮越に送ってもらったのは、酔っ払って昏睡《こんすい》したからではない。誓いどおり、歓迎会で口にしたアルコールはカシスソーダ一杯とビール一口だけだ。

だが、歓迎会がお開きになって帰ろうとしたとき、宮越からいっしょにタクシーで帰ろうと誘《さそ》われた。

電車はまだあるし、酔って足許《あしもと》が危《あや》ういわけでもない。そう言って断ったのだが、同じ方向だからと何度も誘われ、北山にまでそうしなさいと言われては断りきれなかった。

「このあたりでいいのかな？」

「はい。ここで降ろしていただいて大丈夫です。もうアパートが見えているので」

「どれ？」

いきなり宮越に肩を抱《だ》き寄せられて、小実はぎょっとした。こちらに体を寄せた宮越の首許に小実の頭がくっついている。運転席と助手席のあいだからフロントガラスを覗くためだったのだが、ちょっと密着しすぎかもしれない。

「すぐそこです。白っぽい二階建ての……」

してくれるようにと指示する。

小実が指差した白い建物を認めて、宮越が肩から手を離《はな》してくれた。運転手に、ここで降ろ

「ああ、あれね」

「今日は、ありがとうございました」

「僕もいっしょに降りるよ。夜道は危険だ」

いざ車から降りようとした段になって、宮越が思いもしないことを言い出した。

「え……でも、すぐそこですし、大丈夫です」

「最近は物騒《ぶっそう》だからね。帰宅した瞬間《しゅんかん》を狙《ねら》った強盗《ごうとう》もあるそうだし、君を一人で帰らせるのは心配だ。どうか、部屋まで送らせてほしい」

またもや押し切られる格好で、小実は宮越とともにタクシーを降りた。大通りから一本入った小道を、街灯に照らされながら並んで歩く。

「すみません……よけいな寄り道をさせてしまって」

「謝ることはないよ。僕が勝手にしたことだから」

ちょっと変わっているけれど、悪い人ではないのだ。食事の誘いを何度も断っているのに、わざわざタクシーを降りて自宅まで送ってくれたのだから。

宮越は、アパートの一階の端《はし》にある部屋の前までついてきてくれた。小実が鍵《かぎ》を取り出して、玄関《げんかん》の扉《とびら》を開けるのを見守っている。

こんなに親切にしてもらったのに、部屋の前まで来た宮越をこのまま帰すのは、追い返すよ

うで申し訳なかった。

「あの……よかったら、うちでなにか飲んでいかれませんか？」

「いいの？」

小実が遠慮《えんりょ》がちに申し出ると、宮越が嬉《うれ》しそうな貌をした。

「はい。狭《せま》いし、あまり綺麗《きれい》にしていないので、恥《は》ずかしいんですけど」

「助かったよ。ちょっと喉《のど》が渇《かわ》いたなと思ってたんだ」

「なんだ。言ってくだされればよかったのに」

誘ってよかった。ほっとしつつ、大人一人が立つともう狭くなる玄関に招き入れる。八畳《じょう》のワンルームは、玄関に立つと丸見えだ。

「綺麗に片づいてるね。森本くんらしいな」

「そうでもないんですけど……あ、こちらにどうぞ」

お邪魔《じゃま》します、と部屋に上がった宮越に座布団《ざぶとん》を勧め、テーブルに置きっぱなしになっていたマグカップをシンクに片づける。

「すぐにお湯を沸《わ》かしますね。なにがいいですか？　お茶か、インスタントでもよかったら、コーヒーがありますけど」

「そうだな……なにをもらおうかな」

もの珍《めずら》しそうに部屋の中を見渡《みわた》していた宮越が、やかんをコンロにかけた小実の後ろにやってくる。

「飲みものより、君がいいな」

「宮越さん？」

喉が渇いているのではなかったのか。コンロの火を点《つ》けようとしていた手を宮越に握《にぎ》られ、小実は不思議に思って後ろを振《ふ》り返った。

「知ってるんだよ、森本くん」

不可解な笑みを浮《う》かべた宮越が、意味深な台詞《せりふ》を吐《は》く。反射的に引こうとした手を、ぐっと握り締《し》められた。

「高見のことが好きなんだろう？」

「え…」

いきなりなにを言い出したんだろう。恭介と昔馴染みであることは、宮越も知っているはずだ。小実がきょとんとしているうちに、宮越が続ける。

「高見が資料室に来るたび、君が飼い主に尻尾《しっぽ》を振る仔犬《こいぬ》みたいに大喜びしてるから、すぐにわかったよ。あいつも、この部屋に来るの？　それとも、君があいつの部屋に行って抱《だ》かれるのかな」

「ちょっ…ちょっと、待ってください。恭ちゃんとは、なにも……」

『抱かれる』という言葉に動揺《どうよう》し、小実は宮越の手を振りほどいた。恋愛《れんあい》ごとに疎《うと》い小実にも、それがただ恭介に抱っこされるのではないことくらいわかる。

宮越はなにか誤解しているのではないか。どうやら、宮越の言う『好き』は恋愛感情を指すらしい。

「なにもないのなら、君の片想《かたおも》いってことかな。かわいそうに。どうりで、ずいぶんもの欲しそうな目で高見を見てたはずだな」

「片想いって、そんな……」

心臓が嫌《いや》なふうに跳《は》ねた。傍目《はため》からもわかるほど、自分は恭介のことをもの欲しそうな目で見ていたのか。

もちろん、恭介のことは好きだ。兄のような存在で、ずっと憧《あこが》れてきた人で。けれどそれは子供のころから変わらない、憧れの延長のような気持ちだ。宮越の言う『好き』とは、種類が違《ちが》う。

——本当に？

本当に、恋愛感情ではないのだろうか。

だったらなぜ、あのパーティの夜から恭介の存在をこれまで以上に意識するようになったのだろう。

あのときだってどうして、恭介にキスされるかもしれないなんて馬鹿《ばか》げた期待をしたのだろう。

兄のような存在への憧れや親愛の情だけなら、恭介に構ってもらったり、やさしくされただけで充分《じゅうぶん》だったはずだ。

恭介が利佳子と話す姿に疎外《そがい》感を覚えたりもしなかったし、女性から話しかけられる姿を見ても胸が疼《うず》いたりしなかっただろう。

——そうだ……僕は、恭ちゃんのことが……。

それは、情緒面《じようちよ》でも未熟な小実が初めて自覚した恋《こい》だった。

パーティの夜以来、胸の奥に降り積もっていた不可解な感情の正体は、恭介への恋心だったのだ。

胸を覆《おお》っていた重苦しい霧《きり》が晴れてゆく。けれどそれはほんのつかの間のことで、次には言い知れぬ恐《おそ》れが湧《わ》いてきた。

男のくせに恭介のことが好きだなんて、自分はおかしいのではないか。もし恭介が自分の気持ちを知ったら、気味悪がるだろう。

女性にもてる恭介が、同性など相手にするはずがない。小実を構ってくれるのは、弟のような存在だからだ。そんな相手から親愛の情以上の好意を向けられて、嬉しいはずがない。

——恭ちゃんに、知られたらだめだ。

「違う……違うんです。だから、恭ちゃんには言わないでください……！」

恭介に自分の気持ちを知られて、嫌われることが怖《こわ》くてたまらなかった。混乱した小実は、気づかぬままに恭介への片想いの事実を認めてしまう。

「それは森本くん次第《しだい》だよ」

宮越が嬲《なぶ》るように目を細めて笑う。不穏《ふおん》なものを感じてあとずさったが、逃《に》げるよりさきに腕《うで》を掴《つか》まれた。

「宮越さ…、あっ」

なにがなんだかわからないうちに部屋の中を引きずられて、ベッドに投げ飛ばされる。乱暴な扱《あつか》いに抗議《こうぎ》するように、ベッドのスプリングが軋《きし》んだ。

ぐらぐらと弾《はず》む体を、伸《の》しかかってきた宮越に押さえつけられる。恭介ほどではないが長身で、ジムで体を鍛《きた》えている宮越と小柄《こがら》な小実とでは、力の差は歴然としていた。

「な…なにを……」

体重をかけて押さえつけられると、まともに身動きできなくなる。かろうじて自由になる両手を宮越の胸に突《つ》っ張《ぱ》ったが、びくともしなかった。

「君が誘《さそ》うからいけないんだよ」

「誘ってなんか、いません……！」

「酔《よ》って色っぽい目で見たり、僕の隣《となり》で寝《ね》たりして、誘っただろう？　男に色目を遣《つか》うなんて、まったく君は悪い子だな」

ねっとりとした手つきで頬《ほお》を撫《な》でられて、肌《はだ》が粟立《あわだ》った。汗《あせ》ばんだ掌《てのひら》の感触《かんしょく》も、絡《から》みつくような甘い香《かお》りも、恭介とはまったく違う。

「や、やめてください…っ」

「高見に片想いしていることを、黙《だま》っていて欲しいんだろう？　だったら、おとなしくしていなさい」

卑劣《ひれつ》な脅《おど》しだった。頬を掠《かす》めた宮越の吐息《といき》が気持ち悪くて顔を背《そむ》けると、サイドテーブルがわりのスツールの上に置いたぬいぐるみと目が合う。

恭介からもらった、あひるのぬいぐるみ。恭介と音信不通になってからは、恭介のかわりに悩《なや》みを打ち明けたり、小実の心の支えになってくれた。

これをくれたときの恭介は、まさか小実が自分に恋愛感情を抱くなんて思いもしなかっただろう。

再会してからも、無邪気《むじゃき》な子供のふりで懐《なつ》いていた小実が、実は邪《よこしま》な恋心を抱いていたことを知ったら、恭介は裏切られたように感じるのではないか。

恭介に、知られたくない。宮越がなにをしようとしているのかよくわからなかったが、恭介に自分の気持ちを知られるよりはましな気がした。

そのあいだにもシャツをはだけられ、下に着ていたカットソーを胸許までたくし上げられる。

小実のしろく柔《やわ》らかな肌を目にした宮越が、いやらしい笑いを浮かべた。

「可愛いな、ここ」

「っ」

淡《あわ》い乳暈《にゅううん》の中心で息づく突起《とっき》をくっと押されて、小実は驚愕《きょうがく》に竦《すく》み上がった。女の子じゃないのに、どうしてそんな場所を触《さわ》るんだろう。

「感じやすいんだね。本当に誰《だれ》にも触らせたことないの？」

「……、……」

気持ち悪い。怖い。宮越から欲望《よくぼう》にぎらつくまなざしを向けられ、小実は小刻みに震《ふる》えながらかぶりを振《ふ》った。

好きになったのは、恭介だけだ。それもついさっき気づいた始末だから、誰かと交際したことはもちろん、キスさえしたことがない。――子供のころ、恭介とキスした以外は。

「嬉《うれ》しいな。僕が君の初めての男だなんて」

「や……め……」

ジーンズに包まれた下肢《かし》をなぞられて、全身に悪寒《おかん》が走った。小実がまともに抵抗《ていこう》できないのをいいことに、宮越が下肢から衣服を剝《は》ぎ取ろうとする。

――助けて、恭ちゃん。

脳裏《のうり》に浮《う》かんだのは、恭介の涼《すず》やかな美貌《びぼう》だった。

口が悪くて意地悪なくせに、誰よりも頼《たよ》りになって。小実が困ったときは、いつも助けてくれた大好きな人。

恭介に自分の気持ちを知られたくなくて、でも、こんなときまっさきに思い浮かぶのは恭介しかいなかった。

「怖がらなくていいよ。飛びきり気持ちよくしてあげるから」

猫撫《ねこな》で声で囁《ささや》きながら、宮越が小実のジーンズのファスナーを下ろす。その手が下着に触れた瞬間、ふいにインターホンが鳴り響《ひび》いた。

宮越がぎくりと手を止め、小実に伸しかかったままの体勢で固まる。

「誰か来る予定でもあるの？」

宮越に訊《たず》ねられ、小実は無言で首を横に振った。宅配便が来るにしては遅《おそ》い時間だし、来客の予定などない。

応答しないでいると、もう一度インターホンが鳴った。今度はさらに扉《とびら》を叩《たた》く音が加わる。明かりがついているから、居留守を使っていると思われたのだろう。

「森本さん、いるんでしょう？　隣の太田《おおた》です」

ドア越《ご》しにくぐもった声が聞こえた。

隣人《りんじん》は昨年引っ越《こ》してきたばかりで、ほとんど顔を見たことがない。そんな名前だったろうか。首を傾《かし》げているうちに、宮越がちっと舌打ちしてベッドから下りた。

とりあえずは難を逃《のが》れたようだ。体の上から宮越の重みが消えたことにほっとし、小実はのろのろと起き上がった。

玄関のドアスコープを覗《のぞ》いた宮越が、訝《いぶか》しそうに首を捻《ひね》る。急《せ》かすように鳴り響くインターホンに耐えかねたのか、ドアを開けた。

「おまえ……」

ドアの向こうに佇《たたず》む人物を認めて、宮越が息を呑《の》む。慌ててドアを閉めようとしたが一瞬遅く、訪問者の手に阻《はば》まれた。

「やっぱりここにいたな」

ドアを抉《こ》じ開けるようにして玄関に押し入ってきたのは、恭介だった。

よほど慌てて駆《か》けつけたのか、黒のロングコートに包まれた肩《かた》を上下させている。その下からは、チャコールグレーのスーツが覗いていた。

どうして恭介が来てくれたのだろう。恭介の服装は、今朝会社で擦《す》れ違《ちが》ったときと同じだった。どうやら、会社帰りのようだ。

ベッドの上で呆然《ぼうぜん》としていると、部屋を見渡《みわた》した恭介と目が合った。シャツをはだけられ、ジーンズのフロントをくつろげられた小実の格好を認めるなり、恭介の表情が険しさを増す。

「おまえ……どうして、ここが……」

「どけ」

喘《あえ》ぐように呟《つぶや》いた宮越を鋭《するど》く一喝《いっかつ》し、恭介は靴《くつ》を脱《ぬ》ぎ捨てるのももどかしそうなしぐさで部屋の中に上がってきた。

「大丈夫《だいじょうぶ》か？」

「……」

まだうまく状況《じょうきょう》を把握《はあく》できない。ベッドの傍《かたわ》らにやってきた恭介を見上げ、かろうじて頷《うなず》くのが精一杯《せいいっぱい》だった。

恭介が腹立たしげに舌打ちし、自分のコートを脱いで肩にかけてくれる。そこでやっと小実は、自分があられもない格好を晒《さら》していたことに気づいた。

「なにがあった？」

身をかがめて、恭介が顔を覗き込んでくる。頬に触れる手はひんやりとしていて、彼が寒空の下、駆けつけてくれたことがわかった。

助かったんだ。安堵《あんど》が込み上げてきて涙《なみだ》ぐみそうになったが、事情を説明しようとして、さきほどの宮越とのやりとりを思い出す。

「小実？　宮越になにをされたんだ？」

「……あ、の……」

どうしよう。宮越に脅されたことを告げれば、自分が恭介を好きだということもわかってしまう。

考えあぐねて、うろうろと視線をさ迷わせていると、恭介の背後に佇む宮越と目が合った。黙っていろ、と目顔で脅しをかけてくる。

「誤解するなよ。この子から誘ったんだ」

「言い逃れするつもりか」

宮越の発言に反応したのは、小実より恭介のほうが早かった。剣呑《けんのん》なまなざしで宮越を振り返る。

「本当だ。小さいころから、おまえにキスするようなませた子だったんだろう？　酔ったこの子に、僕も誘われたんだよ」

違う。否定したかったけれど、そうすれば恭介への気持ちをばらされてしまうかもしれない。違うと叫《さけ》び出さないように、唇《くちびる》を噛《か》み締《し》めるしかなかった。

「最初から襲《おそ》う目的で、おまえが酔《よ》わせたんだろ」

「僕の言うことが嘘《うそ》だと思うなら、本人に聞いてみればいい」

小実が真実を告げられないと踏《ふ》んでいるらしく、宮越が恭介を挑発《ちょうはつ》する。

なにも言えずにうなだれていると、恭介に肩を掴《つか》まれて顔を上げるように促《うなが》された。

「小実、あいつの言ったことは本当なのか」

「……」

小実のどんなささいな表情の変化も見逃すまいとするように、恭介が痛いほど真剣《しんけん》なまなざしで凝視《ぎょうし》していた。

ここで否定しなければ、宮越の発言を認めたことになる。わかっていたけれど、自分を映す恭介の双眸《そうぼう》にほんのわずかな疑念の色を見て取り、小実はなにも言えなくなった。

どうせ、大人の男の人にキスするようなふしだらな子供だったのだ。酔って宮越を誘《さそ》っても、おかしくないと思われているに違いない。

押し黙《だま》って俯《うつむ》くと、恭介がふっとため息をついた。きっと、呆《あき》れられたのだ。

胸が張り裂《さ》けそうだったけれど、好きだと知られて、恭介に気持ち悪いだの穢《けが》らわしいだの思われるよりはましだった。

「――出ていけ」

恭介の押し殺した声が、狭《せま》いワンルームに落ちた。

自分に言っているのだろうか。弾《はじ》かれたように顔を上げた小実を避《さ》けるようにして、恭介は宮越を睨《にら》んだ。

「出ていけ」

「な、……」

恭介に再度命じられた宮越が、怒《いか》りに目を剝《む》く。しかし、恭介はまったく動じなかった。

「こいつはな、まだ未成年なんだよ。酔わせた挙句、部屋に上がり込んで悪戯《いたずら》しかけたなんてことが会社の連中に知られたら、まずいんじゃないのか。小実のことを頼《たの》まれてる俺としては、親御《おやご》さんにも報告しなきゃならない」

「…ッ」

ぐっと拳《こぶし》を握《にぎ》り締め、宮越が怒りに滾《たぎ》る目で恭介を睨み返す。睨みあう二人のあいだに、見えない火花が散った。

「……しょうがないな」

目を逸《そ》らしたのは、宮越がさきだった。気障《きざ》なしぐさで髪《かみ》を掻《か》き上げて、それでも小実に笑いかける。

「とんだ邪魔《じゃま》が入った。また今度にしよう、森本くん」

「今度なんかあるか」

恭介に射殺さんばかりのまなざしで睨まれ、宮越がぴくりと頰《ほお》を引き攣《つ》らせる。それ以上は虚勢《きょせい》を張れなかったらしく、床《ゆか》に置いたコートと鞄《かばん》を拾うと、そそくさと帰っていった。

「二度と来るな」

けっと吐《は》き捨てて、恭介は玄関の鍵《かぎ》をかけた。長い脚《あし》で部屋を横切り、ベッドで固まっている小実の許《もと》に戻ってくる。

「さて、説明してもらおうか」

「……恭ちゃん」

　ようやく、喉《のど》に絡《から》んだような声が出た。厳しいまなざしに見下ろされ、肩からかけられたコートをきゅっと握り締める。涼《すず》しげでほのかに甘い、恭介の香《かお》りがした。

「あの……どうして、うちに来てくれたの……？」

「帰り際《ぎわ》、北山さんに駅で会ったんだよ。ずいぶんご機嫌《きげん》だなと思ったら、資料室のメンバーでおまえの歓迎会やったって言うじゃないか。宮越のやつがおまえをタクシーで送っていったって聞いたから、嫌《いや》な予感がして念のために来てみたんだ」

「……そうだったんだ」

　嫌な予感がした、というからには、恭介は以前から宮越を警戒《けいかい》していたのだろう。宮越から邪《よこしま》な興味を持たれていることに気づかないどころか、親切な人だと思っていた自分の愚《おろ》かさが嫌になる。

「どうして宮越なんか部屋に上げたんだよ？　妙《みょう》に思わなかったのか。それとも、まさか本当におまえから、あいつを誘ったのか」

　疑念と憤《いきどお》りに満ちた恭介の言葉が、小実の胸に深々と突《つ》き刺《さ》さる。

　真実を告げられたら、どんなにいいだろう。けれどそれは、恭介に恋心を打ち明けることでもあるのだ。

　子供のころ、恭介と結婚《けっこん》すると言って鼻で笑われたが、きっと今度はそんなものではすまないだろう。恭介に失望されるのも怖《こわ》いけれど、嫌《きら》われるのはもっと怖かった。

「……あの、恭ちゃんには言えなかったんだけど……」

もっともらしく聞こえる理由を必死に考えながら、おずおずと口を開く。

一度嘘をついたら、あとはもう嘘を重ねていくしかないのだ。嘘をついたことの重みに気づいたが、もう遅《おそ》い。いまの小実の頭の中には、恭介が好きだという秘密を守ることしかなかった。

「以前から、男の人が好きなんじゃないかって、ちょっと悩《なや》んでて……そしたら今日、宮越さんがやさしくしてくれたから……」

もちろん嘘だ。恭介が初恋で、恭介以外好きになった人はいない。女の子にはぬいぐるみ的な扱《あつか》いをされてきたし、小実のほうも彼女たちを恋愛《れんあい》対象として意識したことはなかった。

「やさしくしてくれたから、なんだよ」

抱《かか》え込んだ自分の膝《ひざ》を見つめていた小実は、恭介の眦《まなじり》が凄《すさ》まじい怒りを孕《はら》んだことに気づかなかった。自分がどんな爆弾《ばくだん》発言をしたか自覚しないまま、恭介の苛立《いらだ》った声音《こわね》に促されてさらに過激な発言をしてしまう。

「男の人に興味もあったし……その、宮越さんなら、いいかなって……」

「――ふざけんな」

地を這《は》うような低い声で吐き捨て、恭介が拳をベッドに叩《たた》きつけた。ボスッと鈍《にぶ》い音が部屋に響《ひび》き、ベッドにうずくまっていた小実の体がぐらりと傾《かし》ぐ。

「……恭ちゃ、ん……？」

ぶれる視界で、小実は表情が欠落した恭介の貌を捉《とら》えた。顔立ちが整っているだけに、表情が消えた貌は酷薄《こくはく》にさえ見える。

指の関節がしろくなるほど拳を握り締めて小実を凝視する恭介のまなざしには、見たこともないほど激しい怒りの色があった。そもそも、恭介がものに当たったことがあっただろうか。

驚きと怯えに固まっていると、見下ろす恭介の瞳がじわりと眇《すが》められた。

「小実」

凍《こお》りつくような声だった。恭介がベッドに乗り上げてきて、反射的にあとずさる。しかし狭いシングルベッドに余裕《よゆう》はなく、すぐに背中が壁《かべ》にぶつかった。

小実を見下ろしていた恭介が、唇を歪《ゆが》めて露悪《ろあく》的な笑みを浮かべる。

「そんなに男が欲しいなら、俺が相手してやる」

「……え…？」

とっさに意味を理解できず、長い睫毛《まつげ》をぱちぱちと瞬《またた》かせる。小実の鈍い反応に苛立ったように、恭介が口早に続けた。

「男とセックスしたいんだろ？　だったら、俺がおまえとセックスしてやるって言ってるんだよ」

「えっ……」

――恭ちゃんと、セックス？

恭介が口にした直截《ちょくさい》かつ生々しい単語に、頬や耳たぶだけでなく、頭の中がかあああっと茹《ゆ》だった。男同士なのにできるのかとか、どうやるのかとかいった疑問が過《よぎ》る。

「だっだめ、だめだよ、そんなの…っ」

「宮越はよくて、俺はだめだってのか？」

震え上がるようにしてかぶりを振ると、いまいましげに吐き捨てた恭介に両頬を捉えられた。底光りする目に不穏《ふおん》なものを感じて体を強《こわ》ばらせた瞬間《しゅんかん》、恭介の唇が落ちてくる。あのパーティの夜とは違《ちが》い、期待どころか、覚悟《かくご》をする暇《ひま》さえなかった。

「ッ」

熱い。

柔《やわ》らかな感触《かんしょく》と、自分より高い体温を唇に感じる。さきほどから予期せぬ出来事が続き、緊《きん》張《ちょう》しきっていた小実には、まるで刻印を押されたような衝撃《しょうげき》があった。

「な…、ん…っ」

驚きに開いた唇《くちびる》の隙間《すきま》から、濡《ぬ》れた熱が押し入ってくる。ぎょっとして体を引こうとすると、後頭部を押さえつけられて、より深く受け入れさせられた。

恭介と、キスしている。子供のころの、唇を押しつけただけのキスとは違う。

恭介の舌で舌を舐《な》められ、食《は》むようにされて、背筋がぞくりとする。口腔《こうこう》を掻き混ぜられると、と、脳までどろりと溶《と》けてしまいそうだった。

熱くて、苦しくて……でも、気持ちがいい。

アルコールにではなく、恭介が与《あた》えてくれるくちづけの甘さに酔《よ》い痴《し》れる。

「っ、ふ……」

やっと恭介が解放してくれたころには、小実の体は骨まで蕩《とろ》けたように、ぐにゃぐにゃになっていた。

「おとなしく、俺に可愛がられてろ」

傲慢《ごうまん》な台詞《せりふ》を吐いた恭介にベッドに押し倒されても、もう逆らえないほどに。


「……っ、……」

熱く湿《しめ》った吐息《といき》が、妙に艶《なまめ》かしく響く。

時折、シーツが擦れる音とベッドの軋《きし》む音が混じる。小実が体を捩《よじ》ったり、踏《ふ》ん張ったりするせいだ。

「や…やめ、て、も…ぅ」

「やめろって言ったって、こんなだぜ、ここ」

恥《は》ずかしくてたまらないのに、恭介の掌《てのひら》に包まれた小実の屹立《きつりつ》は硬《かた》く張りつめて、先端《せんたん》の未熟な粘膜《ねんまく》を露出《ろしゅつ》させている。

怒《おこ》っているのか、恭介はひどく意地悪だった。愛撫《あいぶ》だけでなく、言葉でも小実を追いつめようとする。

「ほら、気持ちいいんだろ？」

「や…あ、あ……っ」

――女の子じゃあるまいし、なんて声を出してるんだろう。

大きな掌に擦《こす》られ、声を殺すこともできずにがくがくと腰《こし》を跳《は》ねさせる。自慰《じい》さえほとんどしない小実には、恭介の愛撫は刺激《しげき》が強すぎた。与えられる感覚を快感と把握《はあく》しきれないまま、羞恥《しゅうち》と戸惑《とまど》いに揺《ゆ》れる心を置き去りにして体だけが昂《たかぶ》っていく。

キスの余韻《よいん》にぼうっとしているうちに、コートを奪《うば》われ、かろうじてまとっていた衣服を脱《ぬ》がされて。気づいたときには、一回り大きい恭介の体の下に組み敷《し》かれていた。

煌々《こうこう》と点《とも》った明かりの下で、自分だけ素肌《すはだ》を晒《さら》していることが恥ずかしい。恭介がいつもと変わらないスーツ姿であるだけに、よけいいたたまれなかった。子供のころはいっしょに入浴したり、着替《きが》えを手伝ってもらったりしたけれど、それとはわけが違う。

「もう濡れてきた」

「や…あっ」

そんな声で、そんなことを言わないでほしい。いやらしくて、恥ずかしくて、頭の中がぐちゃぐちゃになる。

「聞こえるだろ？　ぐちゅぐちゅいってんのが」

「ひっ、ん……や、あっ」

恭介の手の動きに合わせて、卑猥《ひわい》な水音が聞こえる。もうこんなに濡れているなんて、信じられなかった。

「どこが好きだ？　ここか、それとも、こっちか」

「あっあっ、あ…っ」

場所を訊《たず》ねながら、長い指が付け根の膨《ふく》らみをつついたり、敏感《びんかん》な裏筋をなぞったりする。

いつも小実の髪《かみ》の毛を引っ張ったり、頬《ほお》を摘《つま》んだりするのと同じ指が。

脳裏《のうり》に恭介の綺麗《きれい》な指を思い浮かべたとたん、泣きたくなった。恥ずかしくてたまらないのに、しっかり感じている自分が謎《なぞ》だ。

「もう達《い》きたいのか？　さきっぽが、ぱくぱくしてるな」

「ひ、あ…っ」

限界を訴《うった》えて、ひくついている先端の蜜口《みつくち》をぐりっと抉《えぐ》られる。その瞬間、小実は悲鳴じみた嬌声《きょうせい》を上げて激しく爆《は》ぜていた。

恭介に愛撫されてから射精するまで、たぶん数分程度だったろう。到達《とうたつ》は唐突《とうとつ》で、自分の身になにが起きたのか、すぐには理解できなかった。

「やっぱ若いな。こんなんで出しちまうなんて」

「……ぅ……」

恭介がとろりとした白濁《はくだく》に濡れた手を、小実の目の前に掲《かか》げて見せる。好きな人の手を汚《よご》したのも、射精する場面を見られたのも、なにもかもが恥ずかしくて、きつく噛《か》み締《し》めた唇から小さな嗚咽《おえつ》が洩《も》れた。

あんなものを手にぶちまけられたというのに、恭介のほうは怒るでもなく平然としている。濡れた手をティッシュで拭《ぬぐ》うと、ベッドでぐったりとしている小実を覗《のぞ》き込んできた。

「ほかには、どこを可愛がられたい？」

「どこって……」

訊《き》かれても、わからない。だいたい、どうして恭介が相手をしてくれる気になったのか、小実にはまったく理解できなかった。

かつての庇護《ひご》者としての責任感からか。それとも、毛嫌《けぎら》いしている宮越《みやこし》への対抗心だろうか。ただもうこれ以上、恭介に恥ずかしい姿を晒したくなかった。もういい、とのろのろと振りかけた頭を、恭介の手に捉《とら》えられる。

「興味があるって言ってたんだから、男同士のセックスくらい想像したんだろ？　この小さな頭の中で考えてたいやらしいこと、俺がぜんぶしてやるよ」

「……」

いやらしいことって——。ただでさえ、心も体も未熟な小実には恭介の言葉は過激なのに、大きな掌で一摑《ひとつか》みにされた頭を軽く揺すられてさらにくらくらした。

「言えよ、小実」

恭介にキスされることを期待したくらいで、それ以上の行為《こうい》を想像したことはなかった。恭介への恋心《こいごころ》を自覚したのだって、ついさっきだ。まだ展開についていけずにいる小実はただ困《こん》惑《わく》して、首を横に振るしかない。

「……わかんない」

「しょうがないな。じゃあ、適当にやってやるよ」

恭介がふっと吐息だけで笑う。どこをどうされたいのかもわからないくせに、恭介に適当と言われて少し落ち込んだ。

たぶん恭介は、この行為に乗り気じゃないのだろう。恭介が相手をしてくれる気になった理由はわからなくても、それだけはわかった。

「適当っていっても、ちゃんと可愛がってやるから、安心しろ」

小実の気持ちを見透《みす》かしたように、恭介が髪を撫《な》でてくれる。口許《くちもと》だけでなく、目の奥が笑っていて、小実は恭介の機嫌《きげん》が直ったことにほっとした。

子供のころから変わらないやさしい指に髪を梳《す》き上げられて、心臓がとくとくと音を立てる。速くなった鼓動《こどう》に弾《はず》む胸の上を、大きな掌に撫でられた。

「ん…っ」

薄紅《うすあか》い突起《とっき》に触れられたとたん、むず痒《がゆ》いような疼《うず》きが背筋を駆《か》け抜《ぬ》けた。緊張《きんちょう》しているせいだろうか。だが、さきほど宮越に触れられたときとは明らかに違《ちが》う。

不思議に思っていると、眉間《みけん》にできた皺《しわ》を恭介につつかれた。

「なんだよ？」

「あ、あの……宮越さんに触られたときと違うなと思って……」

感覚を受け止めることで精一杯《せいいっぱい》だった小実は、訊ねられるままに思ったことを口にしてしまった。女性でもあるまいし、男の自分が胸を触られたくらい、たいしたことではないと思ったのだ。

「宮越に触られたのか」

「う、ん……少し」

こくんと頷《うなず》くなり、恭介の目が剣呑に尖《とが》る。具体的になにがまずかったのかはわからなかったけれど、自分が失言したらしいことはわかった。たいしたことじゃないと伝えようとして、あわあわと続ける。

「あっあの、でも、胸を触られただけだし、……ひゃっ」

くすぐったい。いきなり恭介が胸許に顔を伏《ふ》せてきて、小実は色気に欠ける声を上げて固まった。

乳嘴《にゅうし》を包む、熱くぬめった感触《かんしょく》。その正体が恭介の唇《くちびる》であることに気づくなり、全身の血液が沸騰《ふっとう》しそうになった。

「や…やめ、……あ、っ」

恭介の頭を押しのけようとすると、ちゅうっと音を立てて乳暈《にゅううん》ごと吸いつかれた。突起の先端に歯が当たって、痛いような刺激が下肢《かし》まで駆け抜ける。

「小さすぎて、摘《つま》みにくいな」

「っひ…っ、く……」

もう一方の突起を二本の指に挟《はさ》まれて、もうどうすればいいかわからなくなる。また歯を立てられたらと思うと怖《こわ》くて、身動きすらできない。

くすぐったいのに、それだけじゃなくて。どんどん凝《しこ》っていく突起の上で恭介の指が、舌が蠢《うごめ》くたび、ぞくぞくするような危《あや》うい感覚が生じた。

すっかり力をなくした指が恭介の頭から滑《すべ》り落ち、シーツを握《にぎ》り締める。細い脚《あし》は恭介の体に押し開かれて、頼《たよ》りなく震《ふる》えていた。

「や、あ、ん…っ」

乳嘴の中に生じた凝った芯《しん》を吸い出すようにされて、甘い痺《しび》れがダイレクトに下肢を刺激《しげき》する。一度も触れられていないのに、さっき弾《はじ》けた果実がまた頭をもたげはじめていた。

——なに、これ……。

こんなふうに立て続けに勃起《ぼっき》したことなど、これまでになかった。どうしてしまったんだろう。自分自身の反応に戸惑《とまど》っていると、恭介が胸許から顔を上げた。

「ちょっとは感じるようになったみたいだな」

「あ、ん…っ」

尖った突起をつねられて、全身が大きく跳ねる。慌てて口許を掌で覆《おお》ったけれど、甘ったるい声が飛び出してしまったあとだった。

「触ってないのに、こっちまでいい感じじゃないか」

「あっ、あ…っ」

小実の欲望が再び兆《きざ》していることに気づき、恭介がなぜか嬉しそうににやりとする。じんじんと疼く乳首《ちくび》を転がされながら、巧《たく》みな手つきで屹立《きつりつ》を扱《しご》かれて、はしたない声が抑《おさ》えられない。

「おまえなら、そのうち胸だけで達けるようになるかもな。俺が仕込んでやろうか？」

胸をいじられるだけで、射精できるものなのだろうか。でも、乳首をいじられているだけで反応してしまったのだから、ありえないことではないのかもしれない。体が変わってしまうようで怖い反面、恭介にならそうされてもいいと思えた。

恭介が望むのなら、体を変えられてもいい。胸を可愛がられて、女の子みたいに感じる体に。そうすることで、少しでも自分のことを好きになってくれるのなら。

「恭ちゃんが……してくれるなら……」

「ったく、とんでもないな、おまえ」

低く舌打ちし、恭介が整った眉《まゆ》をしかめる。

またなにか失敗しただろうか。恥ずかしくて、怖かったのに、恭介がやめると言い出したらどうしよう、と頬《ほお》がそそけ立った。

「僕、また変なこと言った？　ご、ごめんなさ……」

「謝らなくていい」

小さく身を竦《すく》めて謝ろうとすると、少し苛立ったような口調に遮《さえぎ》られた。そのくせ恭介は、小実の反応が微笑《ほほえ》ましいとでも言いたげな苦笑《にがわら》いを浮《う》かべている。

「おまえはよけいなこと考えず、感じてればいいんだよ」

「へ、……ん…ぅ」

間抜《まぬ》けな声を発しかけた唇を、恭介のそれで塞《ふさ》がれた。唇を食《は》まれ、縮こまった舌を搦《から》め捕《と》られて、さきほどとろとろにされたあのすごいキスをされる。

口の中がこんなに敏感な場所だなんて、初めて知った。なにかを考えるどころか、まともに呼吸さえできなくて、ただくちづけに溺《おぼ》れるしかない。

「ん、ん…っ」

どちらのものともつかない唾液《だえき》を嚥下《えんか》すると、体の中からかあっと灼《や》けるような感覚があって、頭の中までが熱く霞《かす》んでいく。

蕩《とろ》けそうな快感にうっとりとしていた小実は、大きな手に尻《しり》を掴《つか》まれてはっとした。恭介の長い指が、柔《やわ》らかな肉にぐっと喰《く》い込む。中心に寄せるようにしてささやかな丸みを捏《こ》ねられると、昂ぶりにまで甘い疼きが響《ひび》くようで、小実はもじもじと身を捩《よじ》った。

「ここは、宮越には触られなかったのか？」

「……触られて、ない」

濃厚《のうこう》なくちづけに息を切らしている小実をよそに、恭介はいつもと同じ涼《すず》しげな貌をしている。そのくせ切れ長の双眸《そうぼう》がどきりとするような艶《つや》を孕《はら》んでいて、色事に不慣れな小実の胸を妖《あや》しく掻《か》き乱した。

「こっちもか？」

「……っ」

双丘《そうきゅう》の狭間《はざま》に滑り落ちた指にとんでもない場所を探《さぐ》られて、ぎょっとする。

もちろん、宮越には触られていない。触られていないけれど……でも、どうして恭介はこんなところに触れるのだろう。

「小実？」

語尾《ごび》をわずかに上げた独特の口調で答えを促《うなが》されると同時に、窄《すぼ》まりに押し当てられた指にぐっと力が加わる。気を抜くと、いまにも中に押し入ってきそうだった。

「さ、触られてない…っ」

節の目立つ、長くて綺麗《きれい》な指が、自分のいちばん汚《きたな》い場所に触れている。信じられない行為《こうい》に涙《なみだ》ぐみながら、首がもげそうな勢いで横に振《ふ》った。

「ふうん。じゃあ、触られたのは胸だけか」

真っ赤になってこくこくと頷く。問いかけるあいだも、指が円を描《えが》くようにして恥ずかしい場所を撫でていて、小実を羞恥《しゅうち》の渦《うず》に突《つ》き落とす。

「恭ちゃ……もう、……」

「ハンドクリームとかないか？」

触らないでと訴《うった》えかけた声を途中《とちゅう》で遮られ、小実は一瞬《いっしゅん》ぽかんとしたのち、言われたものを探して部屋を見回した。子供のころからの刷り込みのせいか、恭介には逆らえない。

「ハンドクリームなら、そこにあるけど……」

スツールの上に置いたことを思い出し、視線で指し示す。一人暮らしをして自炊《じすい》をするようになってから、ハンドクリームが欠かせなくなった。

「まだ持ってたのか、これ」

くったりしたあひるのぬいぐるみに目を止めた恭介が、薄《うす》く唇を綻《ほころ》ばせる。小実にプレゼントしたことを覚えていたようだ。

こんなときにハンドクリームを塗《ぬ》るなんて、恭介もよほど手が荒《あ》れているのだろうか。ぬいぐるみの傍《かたわ》らにあったチューブを取り上げ、クリームを指先に掬《すく》い取る恭介のしぐさを見守っていた小実は、それを両脚《りょうあし》の狭間に塗りつけられて、えっ、と目を丸くした。

「なっ、なんで……っ」

「なんでって、俺とセックスするんだろ」

ここで、と囁《ささや》きながら、窄まりにクリームを塗りつけられる。男同士のセックスに対する朧《おぼろ》げなイメージしかなかった小実は、ここに至ってようやく具体的な行為を理解した。

——そっか……そうだよね。

鈍《にぶ》いにもほどがある。男同士で繋《つな》がる場所と言えば、一つしかない。この場合、小実が恭介を受け入れるほうだろう。

「あ、あの、でも、僕、お風呂《ふろ》に入ってないし」

「俺もだ。どうせどろどろになるんだから、気にするな」

あとで洗ってやる、と言われて、小実は意識が遠のきかけた。どろどろになるって、いったいどんなすごいことをされるんだろう。いまさらだったが、子供の浅知恵《あさぢえ》で嘘《うそ》をついたことを後悔した。

「興味があるってだけで、実際の経験はないんだろ？」

「……うん」

ぬるぬると滑る指の動きに意識を奪《うば》われていたせいで、真実を打ち明けてしまう。羞恥に目を泳がせていた小実は、恭介がやっぱりな、とほくそ笑《え》んだことに気づかなかった。

「最初はちょっときついかもしれないが、怪我《けが》させたりしないから安心しろ。すぐに、腰《こし》が抜《ぬ》けるくらいよくしてやる」

笑みを浮かべた唇がこめかみに落ちてきて、小実はこくんと頷いた。小実の緊張に気づいて宥めてくれる恭介が、体を傷つけるような真似をするはずがない。

「ん…ッ」

押し当てられた指先が、じわじわと沈んでくる。恐れていたような痛みはなかったが、異物感がひどかった。小実が体を強《こわ》ばらせるたびに、そそけ立った頰やひそめた眉間にキスが落ちてくる。

途中、何度かクリームを足された。ねっとりしたそれを塗りつけられて、中を探られているうちに、腰の奥のほうがむずむずしてくる。

「よくなってきたか？」

「……わかんな、あ…っ」

内部を押し広げるようにして動いた指にある場所をぬらりと擦《こす》られて、未知の感覚に目を瞠《みは》る。引き攣《つ》るような痛みは不可思議な熱に変化し、萎《な》えかけていた花茎《かけい》がびくっと震えて硬くなっていく。

「だ…だめ、やめ…て……」

こんな場所をいじられて感じるなんて、自分は異常なのではないか。放っておかれている胸先の突起までが勝手に尖る感覚があって、小実は狼狽《ろうばい》した。

「なにが、だめなんだよ。感じてきたんだろ？」

「だ…って、おかし…い、よ、こんなの…っ」

いやらしい子だと恭介に呆《あき》れられて、嫌《きら》われてしまう。うまく力が入らない指で恭介の腕《うで》にすがり、涙声《なみだごえ》で訴える。

「おかしいことなんかあるか。ここはな、男でも女でも敏感な場所なんだよ。とくに男は感じるポイントがあって、そこを擦ってやれば百歳の爺《じい》さんでも勃《た》つんだぜ」

「そ…そうなの……？」

濡れた睫毛を瞬かせると、恭介が「ああ」と頷く。しょうがないなあというように目を細めた表情がひどくやさしく見えて、小実の胸は切ない甘さでいっぱいになった。

「それに、おまえを感じさせるためにやってるんだ。おまえが感じなきゃ、よっぽど俺が下手《へた》ってことじゃないか」

「あ、…んっ」

紅《あか》く膨《ふく》らんだ乳嘴《にゅうし》を軽く弾《はじ》かれる。体を竦《すく》めた動きに連動して収縮した内奥が、恭介の指をきゅんと締《し》め上げてしまう。

「喰いついてくる。いい感じに蕩けてきたな……」

熱を帯びた声で呟《つぶや》き、恭介がぺろりと唇を舐《な》める。一瞬《いっしゅん》だけ覗《のぞ》いた紅い舌の艶かしいビジュアルと、細めた目に浮《う》かぶ獣《けもの》じみた欲望《よくぼう》の色が、小実の背筋をぞくりと震わせた。

「あ…っ、あ、あ…んっ」

前後する指にくちくちと穿《うが》たれて、体温で溶けたクリームが粘《ねば》ついた音を立てる。痛みはもうかけらもなく、恭介の指の動きに合わせて肉の薄い腰が弾《はず》んだ。

腰が、溶ける。クリームがとろりと内壁《ないへき》を滴《したた》り落ちて、まるで自分自身がしぜんに濡れた錯覚に陥《おちい》った。

体が変えられてしまう。怖《こわ》くて、怖くてたまらなかったけれど、恭介が与《あた》えてくれるものなら、どんなものであっても受け入れたかった。

「……っあ、っ」

ずるりと恭介の指が抜き取られて、体の中にできた空洞《くうどう》を意識する。こんなものが自分の中にあることさえ、恭介に体を暴《あば》かれるまで知らなかった。

「さすがに服のままじゃまずいな」

独り言を呟いて、恭介がベッドの上で膝《ひざ》立ちになり、服を脱《ぬ》ぎ捨てていく。

半ば虚脱《きょだつ》状態に陥っていた小実は、シャツの下から現れた引き締まった体軀《たいく》を目の当《ま》たりにして息を呑んだ。

なだらかに隆起《りゅうき》した肩から二の腕のライン、逞《たくま》しく張り出した胸板《むないた》。対照的に下腹部は、削《そ》げたように引き締まっている。

恭介の手がベルトにかかるのを見て、小実は慌てて目を逸《そ》らした。頬が、熱い。こんなだから宮越に、もの欲《ほ》しげな目で恭介を見ていたなどと言われたのだ。

シーツに顔を埋めていると、ベッドが軋んで、両脚を抱《かか》え上げられた。綻んだ部分に灼熱《しゃくねつ》の塊《かたまり》が押し当てられる。

「力、入れるなよ」

「う…うん」

かろうじて頷いたものの、うっかり恭介の下肢を見てしまった小実は恐怖に顔を引き攣らせた。こんなものを入れられたら、壊れてしまう。

「無理……そんなおっきいの、入らないよ…っ」

「大丈夫だって。とろとろになってるんだぜ、おまえのここ」

「あ、ん…っ」

怯《おび》える小実に、恭介が腰をぐっと押しつけてくる。雫《しずく》を浮かべた先端《せんたん》がわずかにめり込んで、頭頂にまでじいんとした疼《うず》きが突《つ》き抜けた。

「よくしてやるから、いい子にしてろ」

「あっ…あ、…っ」

蕩《とろ》けた粘膜《ねんまく》が欲しがって吸いつくのを、自身の先端で感じ取ったのだろう。見透かしたような笑みを浮かべ、恭介がゆっくりと腰を進める。

突き入れられる質量に押し出されるようにして、あっ、あっと短い喘《あえ》ぎが断続的に零《こぼ》れた。凄《すさ》まじい圧迫感《あっぱくかん》と痛みに、大きく見開いた瞳《ひとみ》が涙《なみだ》に掻《か》き曇《くも》る。

「息を詰めるな。力抜いてろ」

「だ…って……おっき……」

体のどこかに少しでも力を入れたら、すごいものを締めつけてしまいそうで怖い。声を出すのもやっとで切れ切れに返すと、恭介が不機嫌《ふきげん》そうに眉間を歪《ゆが》めた。

「おまえが煽《あお》るからだ」

「っや、あ…んっ」

煽ってなんか、ない。口を開くよりさきに耳たぶを摘《つま》まれ、意識が逸れた隙《すき》に恭介がずるりと押し入ってくる。

柔襞《やわひだ》を擦り立てられる灼《や》けつくような感覚と、埋め尽《つ》くされていく充溢感《じゅういつ》が鮮明《せんめい》だった。仰《の》け反《ぞ》った喉《のど》を震わせながら、貫《つらぬ》かれる衝撃《しょうげき》をやり過ごす。

「きついか……？」

「……ぅ」

ぎちぎちに広がった部分に、猛々《たけだけ》しく脈打つ恭介の熱が突き刺《さ》さっている。いまにもおなかを突き破られそうで、怖いし、苦しい。

小実を見下ろす恭介のほうもまた眉《まゆ》をひそめ、なにかに耐《た》えるような表情をしていた。中途《ちゅうと》半端《はんぱ》に締めつけられて、恭介も苦しいのだろう。欲望を制御《せいぎょ》するのがいかに難しいか、小実も男の端《はし》くれだからわかる。

「だ…いじょうぶ、だから……最後まで、して……」

頰が強ばっているけれど、ちゃんと笑えただろうか。

恭介が相手をしてくれる理由はよくわからないままだし、やっぱり怖いけれど、ここまで来てやめられるのは絶対に嫌だった。つらくてもいいから、一生に一度の思い出が欲しい。この機会を逃《のが》せば、恭介に抱いてもらえることはもう二度とないだろう。

「いまさらやめられるか」

「あ、…っ」

唇の端をにっと吊《つ》り上げた恭介が、重なった二人の体の狭間で萎《しお》れかけている小実の花茎を握《にぎ》った。

「いじってやるから、こっちに意識を集中してろ」

「う、うん…っ」

恭介のそれとは比べものにならない小ぶりなそれを巧《たく》みに扱《しご》かれて、小実の体が瞬く間に熱を取り戻す。愛撫に合わせて、恭介がじりじりと縫《ぬ》うようにして楔《くさび》を突き入れてくる。

「どっちも、とろとろだな」

「や…っ、あ…ンッ」

言わないで、と腰を捩った瞬間、張り出した先端がさきほど指でいじめられた部分をぐりっと擦った。甘ったるい声が弾け、腰を起点にして小実の体が跳ねる。

「お、よくなったみたいだな」

「あ…っ」

腰を揺すった恭介の切っ先がまた同じ場所を擦る。ぞわあっと全身が粟立《あわだ》ち、腰が勝手にうねった。

「ここだろ、おまえのいいとこ」

「ひ…んっ」

漲《みなぎ》った切っ先をこりこりと擦《こす》りつけられ、抉《えぐ》られて、髪を振り乱して悶《もだ》える。これまで知らなかったねっとりと甘い官能がそこから生じ、小実の全身を熱く満たしていく。

いまだ少年めいた細い肢体《したい》ががくがくと揺れ、青い果実を思わせる双丘《そうきゅう》が卑猥《ひわい》に揺れる。男を煽り、唆《そその》かそうとするような無意識の動きだった。

「腰振るくらい、欲しくなったのか？　ん？」

「え…、あ、ぁ…っ」

艶《なま》めかしく潜《ひそ》めた声に鼓膜《こまく》をくすぐられて、快感に慄いた体をより深く穿たれる。内部に塗りつけられたクリームが蕩け、熟《う》れた果肉を磨《す》り潰《つぶ》すような音が響《ひび》いた。

「いや…あ、動いちゃ…っ」

「なんだ、まだ痛いのか」

羞恥《しゅうち》に震え上がり、目の前の大きな体にしがみつく。恭介の問いかけにもかぶりを振って、音が恥《は》ずかしいと訴《うった》える。

「おまえがとろとろの、ぐちゅぐちゅになってるからだろ」

ふんと鼻で笑った恭介が小実の腿《もも》を抱え上げ、お互いが繋《つな》がった場所を見下ろす。ついつられて視線を向けた小実は、生々しい光景に目を瞠《みは》った。

「ぁ……ぁ……」

恭介と、セックスしている。体感で、視覚で、まざまざと実感した。

硬く立ち上がった花茎《かけい》は紅《あか》く濡れた先端を覗かせ、下腹部にまで滴りを溢《あふ》れさせている。恭介の逞しいものを喰《く》い締《し》めた窄まりは、色をなくすほど薄く張りつめていた。

「動くぞ」

「あっ、あ、だめ…っ」

一方的に宣言すると、小実の制止を無視して恭介が動きはじめた。

恭介の胸や肩の筋肉がうねり、いっぱいに納まったものが動く。捲《めく》れ上がった粘膜をまとわりつかせて、出たり入ったりして……なんて、いやらしいんだろう。

脳が煮《に》えたようになり、突き上げに合わせて視界が揺れた。シーツを滑《すべ》る体がベッドから落ちそうになり、慌てて恭介にすがる。

恭介の動きと、内部から響く卑猥な水音がリンクする。いつの間にか小実の腰は、抽挿をねだるように浮き上がり、うねうねと揺れていた。

「や…あ、広がっちゃ…う、…っ」

「ん？　どこが、広がるんだよ」

意地悪く目を細めた恭介に聞き返され、朦朧《もうろう》としながら、お尻、と返す。気持ちがよすぎて、すっかり理性が飛んでいた。

「いやらしいな、小実」

「あう、う……っ」

深く沈《しず》めたままぐるりと捏《こ》ね回されて、柔襞をあますところなく擦り立てられる。脳まで掻き乱されるような、強烈《きょうれつ》な快感だった。

「いや…あ、もう、らめ…っ」

うまく舌が回らなくて、子供じみた声が洩《も》れてしまう。昂《たかぶ》りきった花茎は濃密《のうみつ》な蜜《みつ》に塗《まみ》れ、いまにも弾けそうに震えていた。

「だめ？　また達《い》きそうなのか？」

「うっ、ん……い、きそ……達くっ」

初めて経験する快楽に溺れきり、がくがくと頷くのと同じ動きで腰を振る。きつく眉を寄せた恭介の表情や、逞しい体から滴り落ちる汗の感触にさえ快感を煽られた。

目が回りそうなほど突き上げられながら、「もう出ちゃう」とうわ言のように繰《く》り返す。

「もうちょい待てよ。合わせてやるから」

「あっあ、ん……も、早く……」

自分から恭介に腰を擦りつけながら、早く達かせてとおねだりする。恐ろしいほど射精感が高まっていて、全身がぶるぶると震えた。

「や…あ、く…る、すごい、の…が、来る…っ」

「っ……」

押し潰さんばかりに絞《しぼ》られた恭介が、ぐっと奥歯を嚙み締める。仕返しのように、悶える腰を摑んで容赦《ようしゃ》なく揺さぶられ、視界が妖しく明滅《めいめつ》した。

「いや、あ…だめ、だ…め、いく…ぅ」

振り絞るような嬌声《きょうせい》を上げて、二度目の絶頂を迎える。一拍《いっぱく》遅れて、抱きついていた恭介の体が強《こわ》ばり、体の中がじわっと熱くなった。

恭介の――。自分の中を濡らしたものの正体に思い至り、火照った頰がさらに熱くなる。

初めて経験したセックスはあまりに過激で、見上げた天井《てんじょう》がぼうっと霞《かす》んで見えた。

住み慣れた自分の部屋なのに、空気が濃密に甘い。その重さに耐えかねたように、小実は目を閉じた。


腰が抜けるほどよくしてやる、という恭介の言葉は嘘ではなかった。

人生でたった一度の初体験を終えたあと、ユニットバスに連れ込まれて体を洗われて。恭介が狭いだの洗いにくいだのとぶつぶつ零《こぼ》すのを聞きながら、途中で意識を失ってしまったらしい。

　小実が目を覚ましたのは翌朝、日が高くなってからだった。

　なんだか、とてもあたたかい。うっとりするような、人肌《ひとはだ》のぬくもりが小実を包んでいる。

　寝ぼけたまま、あたたかなにかに擦《す》り寄ろうとして、小実はあれ、と思った。柔らかくて、弾力《だんりょく》があって——なんだろう。不思議に思って目を開けると、近すぎてぼやけた恭介の顔が飛び込んできた。

「ひゃ…っ」

　驚いて体を離そうとしたが、恭介の腕がしっかりと腰に巻きついていた。小実が頬を埋《うず》めていたのは、恭介の胸だったのだ。

　酸欠になった金魚のようにぱくぱくと口を喘がせる小実を見て、恭介がおかしそうに笑う。

「なんだよ、お化けにでも会ったような貌して」

「だっ、だって……っ」

　お互いなにもまとっていないことに気づき、いっきに眠気《ねむけ》が吹《ふ》っ飛ぶ。筋肉が隆起した恭介の逞しい胸板を目にしたとたん、昨夜の出来事が早送りで脳裏《のうり》に再生された。

　歓迎会の帰り、自宅まで送ってもらった宮越に押し倒《たお》されて、危《あや》ういところを恭介に助けられて——。

『そんなに男が欲しいなら、俺が相手してやる』

鼓膜に蘇《よみがえ》った恭介の低い囁きとともに、自分がどんな醜態《しゅうたい》を晒《さら》したかも、つまびらかに思い出した。

初めてだったのに感じまくって、自分から腰を振って、泣き喘いで。バスルームに連れていかれてからも、体を洗われている最中に感じてしまい、自分から恭介にして、とねだった。

——死にたい。

夢中になっていた昨夜はどこかへ雲隠《くもがく》れしていた羞恥心《しゅうちしん》と理性が戻ってきて、小実は耳朶《じだ》まで真っ赤になった。

酔って記憶を失っていたとか、いっそ夢だったらよかったのに。

しかし、現実の出来事である証拠に、腰の奥のとんでもない場所がじんじんと疼いていた。まだ恭介のすごいものが挟《はさ》まっているような感覚がある。

恭介はどう思っただろう。男の人に興味があると嘘をついたうえ、あんなはしたない醜態を晒して、愛想《あいそ》を尽かされたのではないか。

恐る恐る恭介のほうを窺《うかが》おうとして、小実は重要なことに気づいた。

「あっ、バイト…っ」

枕元《まくらもと》の時計は、すでに九時過ぎを指していた。小実のアパートからD&Yのオフィスまでは一時間近くかかるから、遅刻《ちこく》は確実だ。

慌てて飛び起きた刹那《せつな》、体の中枢《ちゅうすう》がずきんと軋み、小実はうっと呻《うめ》いてベッドに逆戻《ぎゃくもど》りした。

「昨夜あれだけやりまくったのに、立てるわけないだろ」

さもおかしそうに喉を鳴らして笑い、恭介がベッドにうずくまった小実の頭をぽんぽんと叩く。

「えぇ……っ、バイトどうしよう……」

「安心しろ。今日は、土曜日だ」

「……あ」

恭介に言われてようやく、そうだったと思い出した。

「朝っぱらから、一人で百面相するなよ」

アルバイトが休みだと知って脱力《だつりょく》した小実の頰《ほお》をつつき、恭介がベッドに起き上がった。朝《あさ》陽《ひ》の中、シーツの海から逞《たくま》しい体軀《たいく》が現れる。昨夜、さんざん見たはずなのに直視できなくて、小実は顔を背《そむ》けた。

「で、どうだった？」

「えっ、なにが？」

思わず振り返った小実は、恭介の裸体《らたい》を目《ま》の当たりにして真っ赤になった。リトマス試験紙のような小実の反応に、恭介が人の悪い笑《え》みを浮《う》かべる。

「なにがって、昨夜の俺とのセックスだよ。初めてだったんだろ？」

「……」

昨夜、恭介とセックスしたんだ。改めて思い知らされて、意識が遠くなりかける。恥ずかしくて声が出せず、小さく頷《うなず》いた。

「それだけじゃわからないだろ。よかったのか、悪かったのか、ちゃんと言えよ」

「……よ、よかったよ…っ」

恭介の声音《こわいろ》が不穏《ふおん》な響きを帯び、小実は半ばやけになって返した。こんなときの恭介は意地悪で、小実が答えるまで赦《ゆる》してくれない。

「だよなあ。おまえ、何度も達《い》きまくってたもんな」

わかっていたくせに、わざと言わせたのだ。痴態《ちたい》をあげつらわれて茹《ゆ》で上がりそうになりながら、小実はなんとかして反論を試みた。

「だって、恭ちゃんがすごかったから……」

「俺のなにが、どうすごいんだよ？」

絶対、わざとだ。意地悪に決まってる。あんなに感じたのは、恭介のせいなのにと恨めしくなった。

「そ、それは……その、恭ちゃんがあんまり上手だったから、気持ちよくてわけがわからなくなって……」

「ふうん。じゃあ、これからどうするんだ？　俺みたいにうまいやつがいたら、また寝《ね》るのか？」

「え…っ」

思いがけないことを言われ、小実は大きな目を瞬《また》かせた。予想外の展開だったとはいえ、あんなことをしたのは恭介が好きだからだ。けれど、恭介に自分の気持ちを打ち明けるわけにはいかない。

逡巡《しゅんじゅん》しているあいだに、恭介のまなざしがじわりと険しくなった。苛立《いらだ》ちとも憤《いきどお》りともつかないものが、切れ長の双眸《そうぼう》に浮かぶ。

「し、しないよ、そんなこと……っ」

「どうだかな」

そんなつもりはないと焦《あせ》って返したけれど、恭介に鼻で嗤《わら》われた。

「しょうがない。──身の回りのものを持って、うちに来い」

「……え」

ため息とともに吐《は》き出された言葉が、すぐに理解できなかった。

「春休み中は、毎日バイトあるんだろ？　だったら、俺の家から通え。うちのほうが会社に近い。必要なら、引っ越《こ》し業者を手配してやる」

「えっ、な、なんで…っ？」

どうやら恭介の家に来るように言われているのはわかったが、展開についていけなかった。

ぽかんとしていると、恭介が不機嫌《ふきげん》そうに目を細める。

「男が欲しいなら、俺が相手してやるって言っただろ。おまえみたいな危なっかしいやつ、一人にしておけるか。子供のころから、やばいと思ってたんだよ」

なにも知らない貌して、懐《なつ》いてきやがって──恭介の呟《つぶや》きに、大きな目を瞠《みは》って凍《こお》りつく。

昔から恭介は、小実が将来、同性を好きになるのではと危惧《きぐ》していたのだろうか。子供らしい無邪気《むじゃき》さで甘えてくる小実の中に、同性を好きになるような性癖《せいへき》の兆《きざ》しを見出《みいだ》していたのだろうか。

――いたたまれない。

打ちのめされた思いで、小実はゆるゆると視線を伏《ふ》せた。

恭介が好きなのであって、男の人が好きなわけじゃない。

でも、女の子にときめいた経験があるかと訊《たず》ねられれば、思い当たるような出来事は一度もなかった。情緒的に未熟すぎて、恋愛に興味が持てなかったというのが正しいかもしれない。

なんにせよ、恭介が好きだと言うわけにはいかなかった。宮越に自分の気持ちをばらされたくなくて、男の人に興味があると嘘までついたのだ。

「美和子さんには俺から言ってやるから、いますぐ連絡しろ。携帯、バッグの中か？」

そのあいだに着替えを終えた恭介にいつも使っている肩掛《かたか》けバッグを突《つ》きつけられ、きょとんとする。早くしろ、と促され、なにがなんだかわからないまま携帯電話を取り出してボタンを押す。

呼び出し音がして、すぐに母の朗《ほが》らかな声が聞こえた。

「おはよう。僕だけど……」

『あら、このちゃん。どうしたの、朝にかけてくるなんて珍しいわね』

母と話すのもそこそこに、恭ちゃんにかわるから、と傍《かたわ》らの恭介に携帯電話を差し出した。

「ご無沙汰《ぶさた》してます、高見です。突然、申し訳ありません」

良識ある大人の貌でにこやかに挨拶をした恭介が、春休み中、小実を自分の家に住まわせることを告げる。

あちこちに鬱血《うっけつ》の痕《あと》が刻まれた肌《はだ》を晒していることにも気づかず、小実は母と話す恭介の声を呆然《ぼうぜん》と聞くしかなかった。

4

玄関《げんかん》のほうで物音がする。

リビングのソファで恭介から借りたミステリ小説を読んでいた小実は慌てて本を閉じ、壁時計《かべ》を確かめてから玄関に向かった。

午後九時。恭介にしては早い帰宅だ。

「お帰りなさい」

「ただいま」

靴《くつ》を脱《ぬ》いでいた恭介が、玄関に駆《か》けつけた小実を見て薄《うす》く微笑《ほほえ》む。今朝も顔を見ているのに、恭介を前にするとどきどきした。

「ご飯できてるよ。すぐ食べる？」

「今日はなんだ？」

「肉じゃがと水菜のきんぴらと柚子《ゆず》マスタードを添《そ》えたぶりの塩焼きに、お豆腐《とうふ》とわかめのお味噌汁《みそしる》。あと、焼き油揚《あぶらあ》げと葱《ねぎ》の混ぜご飯を作ってみたよ」

リビングに向かう恭介のあとをついて歩きながら、なんだか新婚《しんこん》さんみたいだなあ、と思い、小実は自分自身の考えに頬《ほお》を染めた。

恭介のマンションで同居してから、五日。

ただで置いてもらうのも申し訳ないし、恭介の帰りをぼんやり待ってるのも手持ち無沙汰《ぶさた》なので、洗濯《せんたく》や掃除《そうじ》、炊事《すいじ》といった家事いっさいを小実がやっている。小さなころから母の手伝いをしてきたおかげで、これでも一とおりの家事はできるのだ。

恭介のマンションは2LDKで、二十畳《じょう》ほどのリビングに、十畳と八畳の二部屋がある。掃除する面積は確かに増えたが、恭介の帰宅が深夜になるときは夕食を作らなくていいので、家事の労力は一人暮らしのときとそれほど変わらなかった。

「お、うまそう。美和子さんがよく作ってたやつだな」

炊《た》き立てのご飯に、かりかりに焼いた油揚げと千切りにした長葱、おかかを載せて差し出すと、恭介が目を輝かせた。

母の名前を親しげに呼ぶ恭介の口調に、針で刺《さ》されたように胸が疼く。

どうして恭介は、自分を同居させてくれたのだろう。だいたい、恭介がどうして抱《だ》いてくれたのかも、よくわからないままなのだ。

初めて恭介に抱かれた翌日、着替えや勉強道具などの身の回りの品と、ついでにあひるのぬいぐるみもバッグに詰めて、目黒にある彼のマンションにやってきた。むろん、母の了承《りょうしょう》を得てのことだ。恭介に絶大な信頼を置いている母は、彼の申し出に感謝こそすれ、反対などしなかった。

確かに通勤は便利になったけれど、毎日アルバイトがあるのは春休みだけなのだし、ここまでしてもらわなくても、と思う。

恭介のそばにいられるのに手放しで喜べないのは、先日の発言が胸に引っかかっているからだ。

『男が欲しいなら、俺が相手してやるって言っただろ。おまえみたいな危なっかしいやつ、一人にしておけるか。子供のころから、やばいと思ってたんだよ』

一人にしておくと、見境なしに男の人を誘《さそ》うとでも思われているのだろうか。

昔馴染みとしての責任、あるいは同情。恭介が小実を抱いたのは、そういった理由からだろう。男の小実が身代わりになるとは思えないが、もしかしたら、母の美和子への好意も一因かもしれない。

そうして一度手をつけた以上は小実を放っておけず、春休み中に羽目を外さないか監視《かんし》するために、同居させてくれたのだろう。

なんにせよ、恭介は仕方なく小実の相手をしてくれているのだ。

男の人に興味があるなんて、どうしてあんな馬鹿な嘘をついてしまったんだろう。恭介に軽《けい》蔑《べつ》されなかったのはよかったけれど、同性なら誰《だれ》でもいいと誤解されているのは、やっぱりつらかった。

だが、誤解を解くためには、宮越とのやりとりを打ち明けなければならない。恭介のことが好きだと知られたら、そばに置いてもらえないだろう。それどころか、つきあいじたいを断《た》たれかねない。

どうすればいいんだろう。考えれば考えるほど、頭がぐるぐるしてしまう。

幸いなのは、宮越が沈黙《ちんもく》を守っていることだ。恭介に自分の気持ちをばらされるのではないかとびくびくしていたのだが、週明けからこのかた綺麗《きれい》に無視されている。仕事の話をしても目を逸《そ》らされる始末で、小実としてはむしろほっとしていた。

恭介の脅《おど》しが効いたのだろう。宮越は宮越で、小実に対する仕打ちを周囲に吹聴《ふいちょう》されるのを恐れているのかもしれない。

「食べないのか？　ぼうっとして」

恭介に指摘《してき》されて、小実はぶりの塩焼きを摘んだまま、自分の箸《はし》が止まっていることに気づいた。

「あ、ちょっと考えごとしてて……」

「また生焼けなのかと思ったぜ」

「もうそんな失敗はしません」

人の悪い笑みを浮かべた恭介に過去の失敗を揶揄われ、情けなく眉を垂れる。以前、生焼けのお好み焼きを作って恭介に食べさせたことがあるのだ。

小学生のころ、インフルエンザにかかって寝込《ねこ》んだときのことだ。母の美和子は働いており、そう何日も休めない。昼間一人になる小実を心配して、恭介が面倒《めんどう》をみてくれた。

おかゆを作ってくれたり、頭を冷やしてくれたり、汗をかけば体を拭《ふ》いて着替えをさせてくれたり。恭介の献身《けんしん》的な看護のおかげで、小実は数日で回復した。

そのお礼にと、家庭科で習ったばかりのお好み焼きを作った。

『よくできてる。うまいよ』

恭介が目の前で平らげてくれたから、すっかり小実は満足していたのだが、十年近く経《た》った いまになって思いがけない後日談を聞かされた。

なんとお好み焼きは生焼けで、恭介はその後ひどい目に遭《あ》っていたのだという。

『具のタコがやばかったみたいで、激烈《げきれつ》にあたってさ。あれからお好み焼きが食えなくなった』

恩を仇《あだ》で返すとは、まさしくこのことだ。

しかも恭介は、小実の作ったお好み焼きであたったことをこれまで一言も言わなかった。思い返してみればその後、なにか料理を作ろうとすると『いっしょにやろう』と恭介に言われて、一人では作らせてもらえなかったのは、そのせいだったのだろう。

子供だった小実を傷つけまいとして、ずっと秘密にしておいてくれたのだ。いつも辛辣《しんらつ》で、意地悪だけれど、恭介は本質的にとてもやさしい。そうでなければ、インフルエンザで寝込んだ隣の子供の看病などしてくれなかっただろう。

「あの……ちょっとは料理、上達した？」

「生焼けじゃないだけ上出来だ。柚子マスタードって、ぶりによく合うな」

もう、と口を尖らせながらも、褒《ほ》めてもらえて嬉しかった。塩焼きには大根おろしとしょうゆが定番だけど、母親に教えてもらって柚子マスタードを作った甲斐《かい》があったというものだ。

上出来だという言葉がお世辞ではない証拠に、恭介が綺麗に料理を平らげてくれてほっとする。

「ごちそうさま」

「お粗末《そまつ》さまでした」

自分の作った料理を食べてくれる人がいて、ごちそうさまを言ってくれる。それはとても幸せなことなのだと、小実は恭介と同居して初めて知った。


食事を終えて、恭介がリビングで録画しておいたテレビ番組をチェックしはじめる。背中でテレビの音声を聞きながら食器を洗っていると、恭介から声がかかった。

「小実、コーヒー」

「はーい」

自宅にいるときの恭介は、わがままな王さまのようだ。縦のものも横にしない。仕事のあとで疲れているのだろう。

取り繕《つくろ》わない素顔《すがお》を見せてくれているようで、恭介なら横柄《おうへい》な振る舞いも嬉しかった。たぶん、仕事相手にはこんな姿は見せないだろう。

もっとも恭介には、家事ができて、ついでにセックスもできる便利な主夫のように思われているのかもしれないけれど。

先週の初体験以来の恭介とのあれやこれやが脳裏《のうり》を過《よぎ》り、コーヒーメーカーをセットしていた小実はぽうっと頰《ほお》を染めた。

小実にとって不可解なことに、恭介に抱かれたのはあの一度きりではない。土曜日に恭介のマンションに連れ帰られてから、週末はほとんどベッドで過ごしたようなものだ。

『ほら……どこが気持ちいいのか、言えよ』

笑みを含んだ、甘いテノール。腰骨《こしぼね》を直撃《ちょくげき》するそれにあやされながら、体の外も中もぜんぶ恭介に暴《あば》かれた。

やさしいのと意地悪のあいだの絶妙《ぜつみょう》なバランスでたっぷりいじめられて、体の奥はいまだに恭介の形になったままの気がする。

——すごかったな……恭ちゃんの……。

うっかり目撃《もくげき》してしまったものを思い浮かべそうになり、小実はふるふると頭を振った。

大きいの入れてと泣くまでねだらされて、ようやく欲しいものをもらえたと思ったら今度は、中で出してください、と言えるまで赦《ゆる》してもらえなくて。最後のほうは、内奥に恭介の放埒《ほうらつ》を叩《たた》きつけられる刺激《しげき》だけで射精できるようになった。

あんまり感じたら、恭介に呆《あき》れられるんじゃないだろうか。心配になったけれど、自分を見下ろす恭介のまなざしに蔑《さげす》みの色はなかった。

それどころか、なんだか愛《いと》おしそうに見つめられている気がして、よけい乱れてしまったのだ。

恭介の欲望を内奥に放たれたときの生々しい感覚を思い出し、ぞくりとする。さんざん可愛《かわい》がられた胸先の突起《とっき》が勝手に尖る感覚があって、小実はますます動揺《どうよう》した。

――だめだ。はしたないことを考えちゃ。

慌《あわ》てたせいか、コーヒーの入った缶《かん》を片づけようとして、うっかり手が滑った。

「っ」

床に落ちた缶が派手な音を立てて、びくりと立ち竦《すく》む。

「小実？　どうした？」

「ごめんなさい。コーヒーの缶を落としちゃって……」

リビングにいる恭介からすかさず声が飛んできて、小実はどぎまぎした。家事の最中に、恭介との行為を反芻《はんすう》してしまったことがやましい。

これじゃ、もう一度と期待しているみたいじゃないか――自分で自分に突《つ》っ込む。

週明けからこのかた、恭介とのあいだにはなにもない。相手をしてやると言ったくせに、小実の髪を撫でたり、頬をいじって揶揄ったりする以外、恭介は触《ふ》れてこなかった。

平日はお互い仕事がある。先週末のようなことをすれば、不慣れな小実は翌日アルバイトどころではないだろう。

社会人ともなれば、そうそう羽目を外したりしないものなんだろうと思いつつも、拍子抜《ひょうしぬ》けしたような気がしないでもない。

もしかして、先週末の一連の行為だけでもう飽きられたのだろうか。そもそも恭介は、なりゆきで仕方なく自分を家に置いてくれているのだし――。

「零したのか?」

「わ…っ」

またぐるぐると考えながら、コーヒーの缶を戸棚《とだな》にしまっていた小実は、すぐ後ろから恭介の声がして飛び上がった。

「そんなに驚くことないだろ」

戸棚に張りついた小実を見て、恭介が喉を鳴らして笑う。

「いやらしいことでも考えてたのか?」

「か、考えてないよ…っ」

恭介との行為を思い出して、ぼんやりしていたことを見透《みす》かされ、否定する声が上擦《うわず》った。紅らんだ頬と頼りなく揺れるまなざしが言外に肯定《こうてい》していることに、小実自身はまったく気づいていない。

「ふうん?」

小実の言うことなどまったく信じていない貌で、恭介が目の前に立ちはだかる。戸棚と恭介のあいだに挟《はさ》まれて、小実は逃《に》げ場を失った。

「目、潤《うる》んでるぜ」

「っ……」

なんの前触《まえぶ》れもなく頤《あご》を捉《とら》えて顔を覗き込まれ、心臓が破裂《はれつ》しそうになる。

恭介に抱かれてから、不意討《ふいう》ちの接触にいっそう弱くなった。恭介の体温を感じただけで、体中の細胞《さいぼう》がざわめく。

「なんでだよ、小実？」

「なっ…なんでって言われても……」

揶揄《からか》われているだけだ。わかっていても、一段潜《ひそ》めた声も、細めたまなざしも、どきりとするような男の色香《いろか》を漂《ただよ》わせていて、鼓動がいっそう速くなる。

おどおどと目を泳がせていると、恭介の双眸《そうぼう》が危険な感じに耿《ひか》った。

「俺に言えないようなこと、考えたからだろ？」

「や、…っ」

するりと廻《まわ》ってきた長い腕に体を引き寄せられたかと思うと、ジーンズに包まれた小さな丸みを鷲摑《わしづか》みにされた。

「痩《や》せてるくせに、ここは柔らかいよな」

「ちょっ……恭ちゃんっ」

感触《かんしょく》を堪能するようにぐにぐにと揉《も》みしだかれて、妖《あや》しい感覚が背筋を駆《か》け上ってくる。まずい。けれど、危機感さえも小実の肌《はだ》を甘く痺《しび》れさせた。

恭介に触れられるのを期待していたことに、気づかれてしまう。きっと、はしたないと呆れられるだろう。でも、いけないと思うほどに体が熱くなった。

「あれから、自分でしたか？」

なんてことを訊《き》くんだろう。ただでさえ火照《ほて》った頰が、火を噴《ふ》きそうになった。

恭介の手を振りほどいて逃げたいのに、小さな尻を中央に寄せられ、撫で回されて、身じろぎさえできなかった。答えられないでいると、身をかがめた恭介にかぷっと耳を食《は》まれる。

「ひゃ…っ」

「言えないくらい、したのか?」

吐《と》息《いき》が触れるだけでもくすぐったいのに、耳たぶを唇で啄《ついば》まれ、濡れた舌でなぞられて、恭介に抱き込まれた体が過《か》敏《びん》に跳《は》ねる。これでは、恭介に呆れられてしまう。

「小実?」

「や、ん…ッ」

語《ご》尾《び》を上げた特有の口調で答えを促《うなが》すなり、ぬるりとした舌が耳の中に押し入ってくる。ぞくぞくっと震え上がった小実は、涙目《なみだめ》になって首を横に振った。

「本当か? 宮越のやつに触《さわ》らせたんじゃないだろうな」

「して、ない……してない、よ…っ」

やっぱり誤解されているのだ。恭介の言葉に傷つきながらも、意地悪な指にジーンズの縫《ぬ》い目を抉《えぐ》られると、全身に妖《あや》しい慄《おのの》きが走った。抉られ、擦り立てられる快楽を教え込まれた最奥が、はしたなくひくつきはじめる。

「それで、こんなになってんのか」

「あ、…っ」

リネンのエプロン越しに、いつの間にかジーンズを押し上げていた熱をなぞられて、小実は小さく声を上げた。

どうしてこんな簡単に反応してしまうんだろう。恥《は》じ入るあいだにも、やわやわと擦られてジーンズがきつくなっていく。これだから、いやらしいやつだと言われるのだ。

自分が恭介を好きなように、恭介に好きになってもらえるなんて思ってない。でも、だからこそ、嫌《きら》われるのだけは嫌《いや》だった。

「ち、ちが……これ、違《ちが》うから……」

「違う？　なにが違うんだよ。服を脱《ぬ》いで見せてみな」

すっかり狼狽《ろうばい》し、下手《へた》な言い逃れを図《はか》った小実の言葉尻《ことばじり》を捉えて、恭介が「エプロンはそのままでいいから、ジーンズだけ脱げ」と命じる。

「や…やだよ、そんな…っ」

「感じてないなら、見せられるだろ？」

意地悪く微笑《ほほえ》む恭介に駄目押《だめお》しされ、うっと言葉に詰まる。墓穴《ぼけつ》を掘《ほ》ったことに気づいたが、すでに手遅《ておく》れだった。

「早くしろよ、ほら」

「や、…っ」

尻をむぎゅっと揉まれて急《せ》き立てられ、小実は慌ててジーンズのボタンを緩《ゆる》めた。震える手で下着ごとジーンズを引きずり下ろす。空気に晒《さら》された下肢《かし》がすうすうして、泣きたくなった。

「なんだよ、これ」

「……っ」

エプロンを捲《まく》り上げられて、はしたなく膨《ふく》らんだものを曝《さら》け出される。恭介の視線に晒されて萎《な》えるどころか、どんどん張りつめていくのが、自分自身でも信じられなかった。これでは、ますます恭介に誤解されてしまう。

「触ってって、おねだりしてみろ」

「や、やだ…っ」

さらに過酷《かこく》な要求が下され、小実はとんでもない、とかぶりを振った。恭介の綺麗な手を汚してしまうのは、耐えられない。

「じゃあ、俺の目の前で自分でいじってみせるか?」

そんなこと、できない。いまにも泣き出しそうな貌で、それにもふるふると首を振った。

「だったら言えよ、ほら」

「ゃ、あ…んっ」

乾いた掌に直接握られて、小柄な体がびくんと跳ねる。煽《あお》るように扱《しご》かれるともう逆らえず、命じられた言葉を口にしてしまう。

「さ…触って……」

「いい子だな」

満足そうに微笑んだ恭介が、本格的な愛撫を開始する。腰ががくがくして自分の足では立っ

ていられず、目の前の広い胸にしがみつく。いけないと思っていても、大好きな人に触《ふ》れられて感じずにはいられなかった。

「恥ずかしがってたくせに、もう濡れてきたじゃないか」

すぐにくちっと濡れた音がして、羞恥《しゅうち》に神経が灼《や》ききれそうになった。節操のない体が恥ずかしい。

でも、いやらしい体をしているからこそ、こうして恭介がそばに置いてくれているのかもしれないのだ。

「こっちもしてやろうか？」

「……っ」

腰を摑《つか》んでいた左手が双丘《そうきゅう》の狭間に滑り落ち、ひそやかに喘いでいた窄まりをつつく。頭の中が沸騰《ふっとう》したみたいになって、小さな尻が卑猥に揺れた。

「このあいだの、気持ちよかったんだろ？」

「え……あ、う……ん」

恭介の綺麗な瞳に間近から覗き込まれると、誤魔化《ごまか》せなかった。おろおろと視線をさ迷わせながらも、小さく頷いてしまう。

「またとろとろになるくらい、よくしてやるよ」

甘く潜めた声、こめかみに落ちてきた唇。ぞくりとした慄きそのままに、恭介の指先に撫でられている部分もまたひくついてしまう。

敏感な二つの場所をいじめられる快感に骨まで溶けたようにぐんにゃりしかけ、小実ははっとした。わずかに残っていた理性を総動員して、恭介の腕を摑む。

「だ、だめ……あんなのしたら、明日バイトに行けなくなっちゃうよ…っ」

「最後までしないから、安心しろ。このあいだとは違うやり方教えてやる」

最後まで、というのは挿入《そうにゅう》のことだろうか。恭介の熱をもらえないことに少し落胆《らくたん》しながらも、浅ましい期待に頰が熱くなった。

あれほどもてる恭介のこと、遊びでもいいからと誘われることも多いだろう。でも、クリエイターとして名前と顔を知られている恭介の立場からすると、うかつに誘いに乗るわけにはいかないはずだ。

噂になる心配がないからか、手近な相手だからか。なんでもいいから、恭介が自分に触れてくれることが嬉《うれ》しかった。

たとえ、好きだと告げられなくとも。

「我慢できないなら、ここでやってやる。それとも、ベッドがいいか?」

「……ベッド」

耳まで真っ赤になりながら、蚊《か》の鳴くような声で答える。

おいで、と恭介に腕を広げられればもう、小実が拒《こば》めるはずがなかった。

5

「おでん　レシピ」とキーワードを打ち込む。

——こんなにあるんだ……。

検索サイトに表示された件数を見て、小実はうーんと頭を抱《かか》えた。

三月に入り、恭介との同居も三週間目になろうとしている。

一人暮らしのときより通勤時間は短くなったし、恭介が書斎《しょさい》にしていた部屋を自分の部屋として使わせてもらっているので、同居生活は快適だ。

ただ、最近ずっと恭介は終電か、タクシーでの帰宅が続いている。午前さまだから、自宅で夕食を取ることもない。同居しているにもかかわらず、自宅よりも会社で顔を合わせるほうが多いくらいだ。

そんな調子だから、なかなか恭介に抱いてもらう機会もない。

アルバイトを終えて帰宅したあとは、家事に励《はげ》んだりして気を紛《まぎ》らわせているのだけれど、やっぱり淋《さび》しかった。

無垢《むく》だった体はすっかり恭介が与《あた》えてくれる快感に慣れてしまい、恭介との行為を思い出しては、恥ずかしい状態になる始末だ。

快楽が欲しいわけじゃない。恭介のぬくもりが欲しいだけだ。

なのに、昨夜も恭介との行為を反芻《はんすう》するうちに、収まりがつかなくなった体を自分で慰《なぐさ》めてしまって――自分の浅ましさに、自己嫌悪《けんお》が湧《わ》いた。

沈《しず》みかけた気持ちを振り払い、パソコンに向き直る。おでんは、恭介からのリクエストだ。

久しぶりに手料理を食べてもらえるとあって、小実は断然はりきった。

だが、母親の手伝いをしたことがあるくらいで、おでんを作るのは実はこれが初めてだ。さっそく美和子に電話して作り方を訊《たず》ねた。

それだけでは飽き足らず、資料室のパソコンを使わせてもらってレシピを検索したのだが、多すぎて迷ってしまう。

「難しい貌《かお》をして、なに見てるの？」

最近流行《はや》りのトマトをたねにするのもいいかも、と閲覧《えつらん》席でパソコンを睨《にら》んでいると、通りかかった三島に声をかけられた。

「おでんを作ろうと思って、レシピを見てるんです」

「あら、森本くんが作るの？」

小実が「はい」と頷《うなず》くと、三島は恭介との同居に思い至ったようだ。

「そういえば、いまは高見さんのところにいるんだっけ」

「そうなんです。会社から近いので、置いてもらっているんです」

連絡先《れんらくさき》の都合があるため、北山室長には恭介の家で同居していることを伝えてある。恭介のほうはとくに隠《かく》すことじゃないというスタンスだから、資料室の社員たちにも知れ渡《わた》っていた。けれど小実のほうは、同居に至るいきさつがあんなだっただけに、この件に触れられるたびに気恥《きは》ずかしいような、やましいような気分になってしまう。恭介とあんなことやこんなことをしているのだから、よけいだ。

「もしかして、おでんは『お兄さま』のリクエスト？」

「えっと……まあ、そうです」

えへへと照れ笑いを浮かべると、「えらいわねぇ」と三島に感心されてしまった。

「じゃあ、おいしいの作らないとね。あっさり味がいいの、それとも若い人はやっぱりこってりした味がいいのかしら」

「あっさりかなあ……」

恭介からは、おでんのリクエストとともに、今夜は早く帰れそうだとのメールが携帯電話《けいたいでんわ》に送られてきた。早くといってもいつもと比べてだろうし、連日の激務で疲《つか》れているはずだから、あっさり味のほうが胃にやさしいだろう。

「それなら、お出汁《だし》は鶏《とり》がらより、昆布《こんぶ》とかつおぶしがいいわね。おいしく作るこつは、面倒《めんど》くさがらずにたねの下拵《したごしら》えをちゃんとすることよ」

さつま揚《あ》げやつみれなどの練り物は熱湯で油抜《あぶらぬ》きすることや、こんにゃくの下拵え方法などを丁寧《ていねい》に説明してくれる。

メモを取りながら、小実はじっとりと絡《から》みつくような視線を感じた。確かめなくても、誰かわかる。宮越だ。

　歓迎会の夜以来、宮越はあからさまに小実を避けている。仕事の必要があるときに言葉を交《か》わすくらいで、それ以外は小実に対して無視を決め込んでいた。

　そのくせ時折、こうしてなんとも言いがたい視線でじっと小実を見つめているのだ。気づいていないふりをしているけれど、気持ちのいいものではない。

　なんとなく、こちらの出方を窺《うかが》っているようで不気味だった。小実があの夜の出来事をほかの社員や北山室長に告げるのを警戒《けいかい》しているのかもしれない。

　自分のせいで恭介に迷惑《めいわく》をかけるのは絶対に嫌だし、恭介が好きだということを周囲にばらされるのも困る。でも、だからといって宮越の振る舞いを誰かに告げるつもりはなかった。宮越とのあの一件は、なかったことにして忘れてしまいたいというのが小実の正直な気持ちだ。

　視界の端《はし》で、宮越が席を立つのが見えた。厚い本を数冊抱えてこちらに向かってくる。

「牛筋は茹《ゆ》でてから串《くし》に刺《さ》して、取り分けておいた煮汁《にじる》で……」

「三島さん、新着図書の処理をお願いします」

　おでんの作り方を説明していた三島の言葉を強引《ごういん》に遮《さえぎ》り、どさりと音を立てて抱えていた本を閲覧席に置く。一方的にそれだけを言うと、宮越はさっさと自分の机に戻《もど》っていった。

「感じ悪いわねぇ。私の机に置いてくれればいいのに」

　三島があからさまに眉《まゆ》をひそめる。図書の内容をパソコンに入力したり、バーコードを貼《は》ったりといった作業は三島の机でしか行えないから、わざわざ閲覧席に運んできてもなんの意味もない。

仕事中に私語を交わしていたのが、宮越の気に障《さわ》ったのかもしれない。自分のせいで三島にまで迷惑をかけてしまい、小実は申し訳なく思った。

「すみません」

「森本くんが謝ることじゃないわ。もともと変わった人だし」

頭を下げると、とんでもない、と三島に手で制された。

「でも、歓迎会のあたりからちょっと変よね。それまでは、森本くんにうるさいほど構ってたのに」

「よくわからないんですけど……たぶん僕がなにか仕出かして、気分を害したんだと思います」

どきりとしたが、それ以上詮索《せんさく》されないために、小実は差しさわりのないことを言って誤魔《ごま》化《か》した。

食事に誘《さそ》ったり、仕事中に頻繁《ひんぱん》に話しかけたり、なにかと構っていた小実に掌《てのひら》を返すような態度を取れば、かえって周囲の人々に怪《あや》しまれるとは思わないのだろうか。

――ふつうに接してくれれば、こっちもなにもなかったように振る舞えるのに。

宮越の思考回路は、小実にはまったく理解できなかった。

「しょうがない。仕事に戻るわ」

「おでんの作り方を教えていただいて、ありがとうございました」

やれやれとため息をつき、三島が閲覧席に置かれた本を持とうとする。分厚い本ばかりで、小実よりさらに小さい彼女にはいかにも重たそうだ。

「本、僕が机まで持っていきます」

「あら、ありがとう」

三島の机に本を運んでいくと、パソコンに向かっていた宮越がちらりとこちらを見た。陰険《いんけん》なまなざしが横顔に突《つ》き刺さってくる。

「おでん、がんばって作ってね」

「はい」

三島に激励《げきれい》され、宮越のほうを見ないようにして明るく返した。なんでもないふりをするのも、なかなか神経を遣《つか》うものだ。

こんなことがいつまで続くんだろう。

いささかうんざりしつつ、資料室でアルバイトを続ける以上は、自分が慣れるしかないんだろうなと、小実はこっそりため息をついた。

肌寒《はだざむ》さを感じて、ふるりと身震《みぶる》いする。

柔らかな眠りの皮膜《ひまく》が弾け、小実はふと目を覚ました。

「……あ」

リビングで恭介の帰りを待っているうちに、うたたねしてしまったらしい。入浴してあたたまった体はすっかり冷えており、くしゅん、とくしゃみが出た。

壁の時計を見れば、とうに日付が変わっている。テレビの画面は観《み》ていたはずのニュース番組ではなく、馴染《なじ》みのない深夜番組に変わっていた。

芸人の空々しい笑い声がテレビから聞こえる以外は、しんと静まり返っている。一人でいると、ただでさえ広いマンションがいっそう広く感じられた。

――がんばって作ったのにな……。

キッチンのコンロには、恭介が帰宅したらすぐにあたためられるようにと、おでんの入った鍋《なべ》が置かれている。

さきに食べていろと言われたけれど、恭介に食べてもらえると思って張りきって作っただけに一人きりの食事は味気なく、鍋一杯《いっぱい》に作ったおでんはほとんど手つかずのままだ。

予期せぬトラブルが起きて、帰りが遅くなりそうだとの連絡があったのは、夜八時を過ぎたころのこと。それからもう四時間以上経《た》つのに、恭介はまだ帰ってこない。

いつ連絡があるかもしれないと、握《にぎ》り締《し》めていた携帯電話には着信もメールもなく、小実はしょんぼりとしてフラップを閉じた。

仕事なのだから、仕方がない。なにしろ恭介は、クライアントから名指しで仕事を依頼されるほどの人気クリエイターなのだ。ＣＭの企画だけでなく、映画の企画や脚本《きゃくほん》の依頼まであると聞く。

恭介がとても忙《いそが》しいことは、よくわかっている。

だけど――やっぱり、淋《さび》しい。

帰宅が遅いから、小実が出勤するときはまだ寝ている。会社で顔を合わせることがあればまだましで、一度も恭介の顔を見ない日もあった。先週はCM撮影《さつえい》で海外出張が入っており、恭介に会ったのは一週間のうち二日というありさまだった。

――そのぶん、出張から帰ってきたときには構ってくれたけれど。

このあいだ恭介に抱《だ》かれたときのことを思い出して、小実はほんのりと頬《ほお》を染めた。ちょうどこのリビングでいっしょに映画のDVDを観ていたときのことだ。

恭介が悪戯《いたずら》をしかけてきて、感じちゃいけないと思っていたのに、だんだん我慢《がまん》できなくなって。意地悪な指に唆《そそのか》されるままに、『大きいの、入れてください』とおねだりした。

『いやらしいこと言うなあ、小実』

『恭ちゃんが言えって……あ、ああ…んっ』

久しぶりのせいか、ただでさえすごい恭介のそれはさらに大きくて、入れられただけで達《い》ってしまった。

淫乱《いんらん》と笑われながら、熱くて、硬《かた》いので揺《ゆ》さぶられて。何度も達って朦朧《もうろう》としたころに、恭介が小実の中で弾けた。

びくびくと震《ふる》える熱いものに、中で射精されるときのあの感触《かんしょく》――。

ぶるっと身震いし、小実はソファの上でうずくまった。寝間着《ねまき》に包まれた腰《こし》が、そして恭介に穿《うが》たれた場所が、じんじんしている。

蕩《とろ》けるほどに甘く濃厚《のうこう》な初体験以来、もう何度恭介に抱かれたのかわからない。体を繋《つな》げず、太腿《ふともも》を使うやり方も、手での愛撫《あいぶ》の仕方も教えてもらった。

恭介に触れられるたび、どんどん自分はいやらしくなる。もっともっと恭介が欲しくなって、彼が好きでたまらなくなる。

恭介の顔が見たい。会って、話がしたい。毎日、恭介に恋《こ》い焦《こ》がれている。

けれど、恭介が好きだと言うことはできない。

こうして家に置いてもらっているのも、小実の言い逃《のが》れを信じて、同性が好きな性癖《せいへき》だと誤解してのことだ。そんな小実が自分のことを好きだなんて知ったら、恭介は疎《うと》ましく思うだろう。

穢《けが》らわしいと嫌《きら》われたり、つきあいを絶《た》たれたりするくらいなら、男が好きだと誤解されたままでいいから恭介のそばにいたかった。

恐《おそ》らくは恭介との同居も、アルバイトが毎日ある春休みだけのはずだ。それならせめて、料理を作ったり、掃除《そうじ》をしたりすることで、多忙《たぼう》な恭介の役に立ちたかった。

淋しいけれど、恭介の帰りを一人で待つのも平気だ。待っていれば、恭介は必ず帰ってきてくれるから。

ただ、もしも、と思ってしまう。

──もし恋人《こいびと》だったなら、早く帰ってきて、とかわがままを言えるのかな……。

もうすぐやってくる二十歳《はたち》の誕生日を、いっしょに過ごしてほしいとお願いすることもできただろうか。

昔馴染《むかしなじ》みで、いまは会社のアルバイトで、同居人。恭介にとって自分は、それ以上でもそれ以下でもないのだ。

図々《ずうずう》しいけれど、恭介が自分を気に入ってくれているのは間違《まちが》いないと思う。そうでなければ隣《となり》に住む子供のことなんか構ってくれなかっただろうし、再会してからもパーティに連れていってくれたり、宮越に送られて帰った小実の危険を察して駆《か》けつけてくれたりしなかっただろう。まして、自分のマンションに連れてきて、同居させてくれるはずがない。

これ以上のことを望むなんて、身のほど知らずだ。たとえ春休みのあいだだけでも、恭介といっしょに暮らせるだけでいい。

──だから、早く帰ってきて。

寝間着の上にはパーカーを羽織っているし、空調が効いているからあたたかいのに、胸のあたりがすうすうする。自分で自分の体を抱《だ》きしめたとき、玄関《げんかん》の扉《とびら》が開く音が聞こえた。

ぐずぐずと懐《なつ》いていたソファから飛び起き、帰宅したあるじを出迎《でむか》える飼い犬よろしく、一目散に玄関に飛んでいく。

「お帰りなさい…っ」

「なんだ、まだ起きてたのか」

駆けつけた小実を認めて、恭介が「ただいま」と淡《あわ》く微笑《ほほえ》む。

涼《すず》やかな目許《めもと》にはうっすらと疲労《ひろう》の翳《かげ》りが浮《う》かんでいて、仕事がたいへんだったのだろうと胸が痛んだ。それでいて、もの憂《う》げに髪《かみ》を掻《か》き上げるしぐさにどきどきしてしまう。

「おでん、食べれなくて悪かったな」

上がり框《がまち》に上がりざま、恭介がぽんと小実の頭に掌を置く。

——あ……。

いつもの気安いしぐさ、いつもの恭介の匂《にお》い。しかし、そこに混ざる匂いに小実は違和感《いわかん》を覚えた。

外気の匂いと煙草《たばこ》の匂い、そしてわずかに甘ったるい香《かお》りがする。恭介が愛用するフレグランスとは明らかに異なる濃密《のうみつ》な甘さを持ったそれは、恐らく女性用の香水《こうすい》だろう。

嗅《か》ぎ慣れない匂いに一瞬凍《いっしゅんこお》りついたようになったが、それでもとっさに「ううん」と首を振《ふ》った。

「明日とかでも、もしよかったら食べてね」

「そうだな。朝からおでんってのもいいな」

小実の強《こわ》ばった頰には気づかず、恭介が廊下《ろうか》を歩いていく。

キッチンに行っておでんの入った鍋の蓋《ふた》を開けると、「お、うまそうだな」と呟《つぶや》いた。

「へえ、トマトまで入れたのか。ちょっと味見しようかな」

「いまから食べると、おなかが出ちゃうよ」

こんな遅い時間に食事するとかえって胃によくない、と言いたかったのだが、言い方を間違ってしまったようだ。

「どうせ俺はオヤジだよ」

「むぎゃ…っ」

ふんと鼻を鳴らした恭介に頰《ほ》っぺたを摘《つま》まれ、小実は涙目になった。恭介にいじられるたびに、どんどん頰が丸くなっていく気がする。

「頰をいじるの、やめてよ。伸《の》びちゃうよ」

「うるさい。おまえがぷにぷにの頰っぺたをしてるのが悪いんだろ」

抗議《こうぎ》する小実に苛《いじ》めっ子のような台詞《せりふ》を吐《は》いて、恭介は冷蔵庫から取り出したミネラルウォーターをあおった。

嚥下《えんか》する動きに合わせて、くっきり浮き出た喉仏《のどぼとけ》が上下する。危《あや》うく見蕩《みと》れかけた自分に気づき、小実はおろおろと視線を逸らした。

どうせオヤジだと嘯《うそぶ》いたけれど、恭介はその単語からイメージされる印象からほど遠い。むしろ年齢《ねんれい》を重ねて、成熟した大人の男の余裕《よゆう》と色気が加わり、昔よりさらにかっこよくなったくらいだ。

そんな恭介を、女性が放っておくはずがない。ヴァンキッシュのパーティで、何人もの美女に話しかけられていた姿が浮かぶ。

コートを脱いだ恭介から、やはり女性のものらしい香水めいた匂いがほのかに漂《ただよ》ってきて、胸がひりつくように痛んだ。

誰といっしょだったの。どこで、なにをしていたの。

訊《き》きたいけれど、なにも言えずにただ拳《こぶし》をぎゅっと握り締める。恭介の行動をあれこれ詮索《せんさく》するような権利など、小実にはないのだ。

「風呂に入ったのか?」

「……あ、うん」

ふいにしなやかな指が伸びてきて、さらりと髪を梳《す》かれる。恭介のものではない甘ったるい匂いがするせいで、いつもなら嬉しい恭介のしぐさにもときめくどころか、嫌なふうに心臓が跳《は》ねるだけだ。

「湯冷めするぞ。俺が帰るまで待ってなくていいから、さきに寝てろって言っただろ」

「ちょっとテレビ観てて、遅くなっただけだよ。これからは、さきに寝てるから」

なんでもないふりをして、たまたまだよと言い訳をする。恭介からは何度も、自分の帰宅が遅くなるときはさきに寝てろと言われていたけれど、少しでもいいから顔が見たかったのだ。

けれど、そのおかげで恭介がまとう、いつもと違《ちが》う匂いに気づいてしまった。ごくわずかな嗅ぎ慣れない匂いが女性のものらしいというだけで、雨雲のようなどんよりとした感情が胸に広がっていく。

だって、よほど近くに寄り添《そ》わないと、香水の匂いなんて移らないのではないだろうか。

「風呂に入ってくる。おまえはもう寝ろよ」

「おやすみなさい」

最後にもう一度小実の頭を撫《な》でて、恭介がリビングを出ていく。

視界から恭介の姿が消えるなり、笑《え》みを作っていた顔が歪《ゆが》んだ。

——女の人と、いっしょだったんだ……。

恭介が女性から秋波を送られる現場にいあわせたものの、特定の女性の影《かげ》を感じたことがなかっただけに、小実は自分でもおかしいほどショックを受けていた。

帰宅が遅くなった恭介から、女性のものらしい香水の香りがしたという、ただそれだけで。

だからといって、女性と二人きりだったとは限らない。仕事だったのだから、クライアントとか、仕事関係者の可能性もある。

でも、予想外のトラブルというのがそもそも嘘《うそ》だとしたら——。

恭介自身を疑うようなことを考えた自分が嫌になる。水浴びした犬のように、小実はぶるぶると頭を振った。

恭介が、自分に嘘をつく必要などない。デートだから遅くなると言えばすむことだ。

また薄《うす》ら寒さを覚え、小実はぎゅっと自分で自分の体を抱きしめた。

これでは、明日寝坊《ねぼう》してしまう。与《あた》えられた部屋に行こうとして、ソファに投げ出されたままになっている恭介のコートが目についた。

端整《たんせい》な王子さま然とした見かけとは違い、恭介はけっこう大ざっぱで、細かいことは気にしない性格だ。コートに皺《しわ》がついても、なんとも思わないに違いない。

完璧《かんぺき》な恭介の意外な粗忽《そこつ》さが微笑ましくて、仕方ないなあ、と独りごちる小実の頬が緩《ゆる》む。

ソファの背もたれにかけようと黒のトレンチコートを手に取ったとたん、埃《ほこり》っぽいような外気の匂いと恭介の匂いがした。コートには、あの甘ったるい匂いは移っていないようだ。

——好き……。

恭介のコートを抱きしめ、馴染《なじ》んだ匂いを胸いっぱいに吸い込む。

なんだか変態っぽいなと自分でも思ったけれど、胸に巣食う不安を恭介の匂いで少しでも打ち消したかった。

6

荒《あ》れ果てた廃《はい》病院の中を歩くヒロインの足音が、不気味に響《ひび》く。

そこに、ぽた……ぽた……という水滴《すいてき》のような音が混ざり、テレビ画面を見つめていた小実は、思わずこくんと喉《のど》を鳴らした。

画面の中のヒロインが、しだいに大きくなる水音に気づいて立ち止まる。不安そうに耳を澄《す》まし、あちこちを見回す表情がアップになった。

水滴のような音は、彼女のすぐ背後まで迫《せま》っている。

だめだ。後ろを振り向いては。祈《いの》るような小実の気持ちをよそに、恐怖と好奇《こうき》心《しん》に耐《た》えかねたヒロインが後ろを振り返る。

天井《てんじょう》からぽたりと滴《したた》る、紅《あか》い液体。見上げたさきには——。

「うわーっ」

アップになった画面を直視できず、悲鳴を上げて傍《かたわ》らの人物にしがみつく。相手がぎょっとする気配があって、小実は我に返った。

「ご、ごめん…っ」

「いいけど。映画より、おまえの悲鳴のほうにびっくりしたよ」

驚《おどろ》いた、と心臓のあたりを撫で擦《さす》りながら真山に苦笑《くしょう》され、小実は気まずく笑い返した。

真山のアパートでいっしょにホラー映画のDVDを観ていたのをすっかり忘れ、隣《となり》にいるのが恭介だと錯覚《さっかく》してしまったのだ。

子供のころ恭介にさんざん怪談話《かいだんばなし》を聞かされたせいで、小実はいまだに怖《こわ》がりだ。当然恭介は知っているくせに、わざとホラー映画を観せては小実を怖がらせようとする。

久しぶりに真山のアパートに立ち寄ったこの日、DVDでもレンタルしようということになった。昨年公開されたホラー映画の新作DVDを観たがったのは、もちろん真山のほうだ。

怖いから嫌だとも言えず、小実はやや引き攣《つ》り気味の笑顔で了承《りょうしょう》したのだが、これがもう予想以上の怖さだった。

携帯電話《けいたいでんわ》に不気味な電話がかかってきたり、自宅で入浴中、浴槽《よくそう》に引きずり込まれそうになったり。今晩、さっそく夢に見そうだ。

「そんなに怖いなら、ここでやめとくか？　森本、涙目《なみだめ》になってるぞ」

「え…っ、い、いいよ。最後まで観る」

せっかくここまで、恐怖に耐えて観たのに。廃病院の謎《なぞ》が解かれ、ヒロインを苦しめた怨《おん》霊《りょう》の正体が判明しないと落ち着かない。

「でもさ、そろそろ帰らないといけないんじゃないのか？」

「……あ」

真山に言われて腕《うで》時計を見ると、十時を過ぎていた。同居に際して恭介からは十一時の門限を言い渡《わた》されていたが、どうせ帰っても一人だ。

「いいんだ。恭ちゃん、帰ってくるのが遅いし」

「そっか。やっぱ高見さんほどの人気クリエイターって、忙しいんだなあ」

感心したように頷《うなず》く真山は、ひっそりと微笑《ほほえ》んだ小実のまなざしが翳《かげ》ったことには気づかなかったようだ。

あれからも、恭介は午前さまの帰宅が続いている。遅いときなどは、朝方に帰ってくる始末だ。もしかしたら食べてもらえるかもしれないと思って料理を作るのだけれど、たいがいは小実一人で食べる羽目になった。

休日でさえ仕事が入ることもあって、ずっとまともな会話をしていない。もちろん、キスやそれ以上のことはお預けだ。

淋《さび》しいけれど、帰宅が遅いだけならまだいい。小実が不安でたまらないのは、帰宅した恭介から先日と同じ香水《こうすい》の匂《にお》いがすることだ。

同じ香水を愛用する女性と何人も出くわすことなどそうないだろうから、恭介が会っているのは、特定の人物ということになる。

ただの仕事相手だろうか。それともやっぱり恋人《こいびと》ができたのだろうか。

恭介に訊《たず》ねたくても、小実の立場ではできない。好きだと告げることさえ、赦《ゆる》されないのだから。

恭介の帰宅が遅いことに加えて、春休みが終わりに近づいていることが、小実の気持ちを沈《しず》ませていた。

大学がはじまれば、資料室のアルバイトは週に二日程度になるし、アパートのほうが大学に近い。恭介の家に同居させてもらう必要はなくなる。

恭介は、小実が春休み中に羽目を外すのではないかと心配して同居させてくれたようだが、小実の真面目《まじめ》な生活ぶりを見て、もう監視《かんし》する必要はないとわかっているはずだ。そもそも、同居は最初から春休み中だけの予定だったのだ。

そのことについて、一度ちゃんと話をしたいと思うのだけれど、恭介の顔を見ることさえままならない状況《じょうきょう》に、小実の不安は募《つの》るばかりだ。

せめて誕生日くらいは、恭介といっしょに家で食事がしたいけれど、いまの調子では難しいかもしれない。第一、恭介は小実の誕生日など覚えていないだろう。

恭介の帰りを一人で待っていると同じことをぐるぐると考えてしまうので、真山の家に遊びに来たものの、ふとした瞬間《しゅんかん》に考えるのはやはり恭介のことだった。

テレビ画面では、相変わらず緊張感溢《きんちょうかんあふ》れる場面が映し出されている。心臓がばくばくして、正視できない。

ふとテーブルを見ると、さきほど作ったキムチとたこの和《あ》え物《もの》やじゃがいもの唐辛子《とうがらし》炒《いた》めなどのおつまみの皿が空になっていた。

「まだ飲むなら、なんかおつまみになるようなもの作ろうか？」

「いいのか？　面倒《めんどう》だろ」

「いいよ、このくらい。真山にはいつもお世話になってるし」

沈みかけた気分を紛《まぎ》らわせようと、キッチンに向かう。真山のアパートは六畳《じょう》二間の２DKで、古いかわりにゆったりとした造りだ。

何度も遊びに来ているので、小実にとっては勝手知ったる他人の家だった。真山の了解《りょうかい》を得て、冷蔵庫の食材を物色する。

「それにしても、おまえが料理できるなんて意外だったよ」

「とろそうだから、料理なんてできそうにないように見えるって言いたいんだろ」

きゅうりを洗いながら振り向き、ビールを傾《かたむ》ける真山を睨《にら》むふりをする。

「だってさ、よく大学内で迷子になってただろ。知りあったのだって、おまえに講堂の場所を訊《き》かれたのがきっかけだったし」

「入学したてで、慣れなかったからだよ。大学って同じような建物ばかりなんだもん」

「ふつー講堂くらいわかりそうなもんだけどなあ。入学式だって講堂でやったんだし」

それを言われると、ぐうの音も出ない。講堂で開かれた入学式に参加したにもかかわらず、その数日後には講堂を捜《さが》しているうちに、大学構内で迷ってしまったのだ。

先輩《せんぱい》だと思って道を訊ねた真山が、同じ学部の新入生だと知ったときは驚いた。構内で迷子になるような小実に放っておけないものを感じたのか、以来真山はなにかと親切にしてくれている。

けれど、いちばん気の置けない友人である真山にも恭介との関係は相談できなかった。真山は将来テレビ局か広告代理店への就職を希望しており、CMプランナーとして活躍《かつやく》する恭介を尊敬している。その恭介のことが好きだなんて、言えるはずがない。

——これから、どうなっちゃうんだろうな……。

恭介との同居の行く末を考えつつ、蒸《む》し鶏《どり》ときゅうりのサラダ、かぼちゃとベーコンのソテーを作っていると、「森本」と真山に呼ばれた。

「おまえの携帯、鳴ってるみたいだぞ」

真山が指し示した小実の鞄《かばん》の中から、携帯電話が震《ふる》える音が聞こえる。アルバイト中にマナーモードにしたきりだったのを、ようやく思い出した。

慌《あわ》てて手を拭《ふ》き、着信を告げて震える携帯電話を取り出す。しかし、通話ボタンを押すまえに切れてしまった。

「……恭ちゃんからだ」

表示された電話番号は、恭介の携帯電話だった。改めて着信履歴《りれき》とメールを確かめると、恭介からの連絡《れんらく》が九時過ぎから何回も入っている。

『いま、どこにいる？　うちにいるから、このメールを見たら連絡しろ』

『電話をしたけど通じない。なにかあったのか？』

『どこにいるのかだけでも、連絡しろ』

これまでは、アルバイトが終わったらまっすぐ恭介のマンションに帰っていた。寄り道といえば、せいぜい食材や生活用品の買い物くらい。サークルの集まりやゼミのコンパがあるときは、恭介に事前に報告してから出かけたし、恭介よりも帰宅が遅《おそ》くなったことは一度もなかった。

恭介にしてみれば、珍《めずら》しく早く帰ったのに、小実がいなかったので驚いたに違《ちが》いない。短くそっけないメールの文面には、苛立《いらだ》ちよりも心配が滲《にじ》んでいるように思えた。

せっかく恭介が早く帰ってきたのに。今日に限って、真山の家に寄ることを恭介に連絡しなかったことを、小実は心の底から後悔《こうかい》した。

「森本？」

「ごめん、帰るね。おつまみ作ったから、よかったら食べて」

どうした、と目顔で訊いてきた真山に慌《あわ》ただしくいとまを告げ、鞄を肩《かた》にかけるのももどかしく、アパートを飛び出す。

恭介の待つマンションに一刻も早く帰りたくて、小実は夜の道を駆《か》け出した。


「遅いぞ」

玄関《げんかん》の扉《とびら》を開けるなり、仁王立《におうだ》ちになった恭介に一喝《いっかつ》される。

すでに恭介はスーツから着替《きが》え、Vネックのセーターにジーンズという格好だった。例の女性用の香水の匂いがしないことに、少しだけほっとする。

「門限は十一時だって言ってあるだろ」

「ごめんなさい」

十二分の遅刻《ちこく》だ、と言われて薄《うす》い肩をさらに落とす。恭介は恐《おそ》ろしいまでに不機嫌《ふきげん》なオーラを放っていて、小実はすっかり畏縮《いしゅく》してしまった。

「来い」

腕を掴《つか》まれて、引きずるようにしてリビングに連れていかれる。どさりとソファに身を投げ出した恭介の前に、教師に叱《しか》られる不出来な生徒よろしく立たされた。

「で、どこにいたって？」

電車の中から、大学の友人の家にいたというメールを送ったのだが、一から説明しなければならないらしい。久しぶりに恭介と話せても、こんな状況では嬉《うれ》しくなかった。

「大学の友達の真山のアパート。D&Yの、スポーツ事業部でアルバイトしてる……」

「ああ。おまえに資料室のバイトを紹介《しょうかい》してくれたっていう友達か」

以前小実が話した、資料室でアルバイトをするに至った経緯《けいい》を思い出したらしい。納得《なっとく》したように頷いたものの、恭介の表情は険しいままだ。

「そのオトモダチのうちで、こんな時間までなにしてたんだよ」

やけに棘《とげ》のある言い方だった。夕食を作りもせず、無断で遅くまで出歩いていたので、恭介の機嫌を損《そこ》ねたのだろう。

「アルバイトの帰り、真山といっしょになったんだ。で、久しぶりに真山の家でご飯を食べながら、ＤＶＤでも観《み》ようってことになって」

「ＤＶＤ？　エロビデオでも観たのか」

「ちっ違うってば。『死霊《しりょう》の棲《す》む家』っていう、ホラー映画」

揶揄《やゆ》するような笑《え》みを浮《う》かべた恭介の口から、美貌《びぼう》にそぐわぬ下世話な単語が飛び出し、小実はあたふたと否定した。恭介にエロビデオなどと言われると、小実のほうがどぎまぎしてしまう。

「なんだ、いいセレクトじゃないか」

恭介がいまいましげに舌打ちする。どうやら真山と趣味《しゅみ》がかぶったようだが、小実にはあの映画のどこがいいのか、まったく理解できなかった。

「おまえのことだから、映画が怖《こわ》くて友達に泣きついたんじゃないだろうな」

「な、泣きつくなんて、そこまでは……」

恐怖《きょうふ》シーンに驚《おどろ》いて真山にしがみついただけに、微妙《びみょう》に言いよどむ。勘《かん》のいい恭介が、それを見逃《みのが》すはずがなかった。

「泣いたのか」

「泣いてません」

驚いただけで泣いてはいないと、小実はいささかむきになって返した。小実が怖がりになったのは、そもそも恭介のせいなのだ。

「だって、おつまみ作ったりしてて、ほとんど観てなかったもん」

「おつまみって、酒を飲んだのか」

あ、と思ったときには遅く、恭介の双眸《そうぼう》がすうっと細められていた。そこに浮かぶ剣呑《けんのん》な光に気圧《けお》されそうになりながらも、誤解を解こうと必死に言い募る。

「真山がビールを飲んでただけで、僕は飲んでないよ。あ、真山は同じ学年なんだけど、二歳年上で……」

「どうだか」

真山は成人しているから、飲酒しても問題がないことを説明しようとしたのだが、恭介に邪険《じゃけん》な口調で一蹴《いっしゅう》された。

「また酔《よ》っ払《ぱら》って、その友達を誘《さそ》ったんじゃないだろうな」

一瞬《いっしゅん》、なにを言われたのかわからなかった。わからないのに、恭介の言葉にざっくりと抉《えぐ》られた胸がただ痛い。

自分を見つめる恭介のまなざしがいつかと同じ不信感を湛《たた》えていて、小実はようやく、また、というのが宮越の一件を指すことを理解した。

結局、男なら誰《だれ》でも誘うようなふしだらな人間だと思われているのだ。誤解させるように仕向けたのは小実自身だったけれど、恭介から人として最低限の信頼《しんらい》さえしてもらえないようでつらかった。

「そ…そんなこと、してない…っ！」

どうして同性愛に興味があるなんて、嘘《うそ》をついたのだろう。これまでに、何度後悔したかわからない。

恭介が好きだと知られて、愛想《あいそ》を尽《つ》かされるのが怖くて。なにも知らない恭介のそばに置いてもらえるのが、嬉しくて。だから、真実を打ち明けられなかった。

これは、そうやって嘘をついてきた罰《ばつ》なんだろうか。

「本当に、違う……真山は、ただの友達で……そんなんじゃないんだ」

「そんなって、どんなだよ」

冷笑《れいしょう》を含《ふく》んだ声音《こわね》が小実に追い討《う》ちをかける。

恭介の厚意《こうい》に甘えていたつけが、回ってきたのだ。嘘をついた自分の自業自得《じごうじとく》だ。

それでも、男なら誰《だれ》でもいいと恭介に思われているのが哀《かな》しかった。

恭介の凍《い》てついたまなざしに晒《さら》されて、指先まで冷えていく。それでいて、視界だけがじんわりと熱を持った。

「恭ちゃんは僕が、男の人なら誰かれ構わず誘うような人間だと思ってるんだろうけれど……それは違う。だって、僕が好きなのは……」

――恭ちゃんだけだから。

言いたくて、けれど、絶対に言えない言葉。禁じてきた想《おも》いが危《あや》うく口を突《つ》いて出そうになり、小実は慌てて掌《てのひら》で口許《くちもと》を覆《おお》った。

「……っ」

つうんと鼻の奥が痛くなって、ひくっと喉《のど》が鳴る。嗚咽《おえつ》を殺そうと唇《くちびる》を噛《か》み締《し》めると、言葉のかわりに涙《なみだ》が溢《あふ》れた。

「な、なんだよ」

いきなり泣き出した小実を見て、いかにも不機嫌そうに腕組《うでぐ》みしていた恭介がぎょっとしたようにポーズを崩《くず》す。揺《ゆ》れて滲む視界にも、恭介がひどく苦い表情になるのが見えた。

呆《あき》れられたのだ。

ひんやりとした哀しみが胸に湧《わ》いて、涙が止まらなくなった。涙腺《るいせん》が壊《こわ》れたのかもしれない。涙を拭《ぬぐ》おうとした手を恭介に摑まれかけたが、意地になって振《ふ》り払《はら》った。そのくせ恭介の重いため息が聞こえると、見捨てられたのではないかという恐れに頰《ほお》がそそけ立つ。

「わかったよ、小実。とにかく、その友達とはなんにもやましいことはしてないんだな?」

「う、……」

宥《なだ》めるような声で確認《かくにん》されて、うん、と声を発することさえできず、こくんと頷《うなず》く。

恭介に腕《うで》を取られて形ばかりの反抗《はんこう》をしてみたけれど、ひょいと抱《だ》き上げられて膝《ひざ》の上に横抱きにされると、もう意地を張れなかった。

「悪かった。言いすぎた」

綺麗《きれい》な指に頰を撫《な》でられながら、真摯《しんし》な声で謝罪の言葉を紡《つむ》がれて、小実はかぶりを振るしかできなかった。

恭介は悪くない。嘘をついている、自分のほうが悪いのだ。——恭介を好きになった、自分のほうが。

そばにいるためとはいえ、大好きな人を騙《だま》している。真実を告げられない罪悪感に、ぼろぼろと涙が零《こぼ》れた。

「泣くなよ……俺が悪かったって」

困惑《こんわく》気味に眉《まゆ》を寄せた恭介に抱き寄せられる。広い胸に頰を擦りつけると、子供のころと同じように、後頭部をよしよしと撫でられた。

「珍しく早く帰ったら、おまえがうちにいないからさ……携帯《けいたい》にかけても通じないし、なにかあったんじゃないかと思ったんだ」

「……っ、ごめ……」

まともな言葉を発せられないどころか、恭介に心配かけたことが申し訳なくて、またどっと涙が溢れてくる。

どうして、どうせ今日も遅《おそ》いだろうと決めつけて、恭介への連絡《れんらく》を怠《おこた》ったのだろう。

「怒《おこ》ってるんじゃない。俺が勝手に心配しただけだ。おまえが、誰彼構わず誘うような、ふしだらな人間じゃないのはわかってる。ただ、おまえがあんまり危機感がなくて無防備だから、ちょっとイラついて、八つ当たりしたんだ。……とにかく、悪かったよ」

恭介の口調はひどく気まずげで、心から自分の発言を後悔《こうかい》していることが伝わってくる。だけど、自分のほうが嘘をついていることを知っているだけに、恭介に謝られると苦しくなるばかりだった。

「ちっ…ちが…う、僕が……っ」

悪いんだと言おうとしたが、しゃくり上げてまともな言葉にならなかった。ぽんぽんと頭を撫でられて、いっそう強く抱きしめられる。

「わかった、わかった。もうなにも言わなくていいから」

聞き分けのない子供を宥めるような、恭介のやさしい声が胸に痛い。

一回り大きな体にすっぽりと抱きしめられて、ゆらゆらと揺らされて。まるで、揺りかごの中にいるようだ。

恭介の腕があんまり心地《ここち》よくて、よけい涙が止まらなくなる。赤ちゃんみたいで恥《は》ずかしいと思うのに、だらだらと泣き続けるのは奇妙《きみよう》な解放感があった。

「いい加減に泣きやまないと、遊園地に連れてってやらないぞ」

「え……遊園地……？」

おもむろに言われて、小実はようやく涙が止まりかけた目を瞠《みは》った。なんで遊園地なんだろう。不思議に思って顔を上げると、目が合った恭介がにやりとした。

「昔、約束して行きそびれたままになってただろ。もうすぐおまえの誕生日だし、遊園地に連れてってやるよ」

一日丸ごとは無理だから、近場の遊園地に夕方から行くことになるけど——恭介の言葉を、夢見心地で聞く。

恭介が自分の誕生日だけでなく、昔の約束を覚えていてくれるとは思わなかった。果たされなかった、八年前の約束を。

ひたひたと甘い感情が押し寄せてきて、胸が熱くなる。恭介が子供のころの約束を覚えていてくれたことが嬉《うれ》しくて、けれど、うんと言うにはためらいがあった。誕生日は平日だし、恭介は忙《いそが》しいのではないか。

「で…でも、もう二十歳《はたち》だし……」

喜びを押し隠《かく》して、遊園地なんて、と呟《つぶや》くと、恭介が意地悪っぽく目を耿《ひか》らせた。

「なんだよ、行きたくないのか」

「う、ううん。行きたい…っ」

とっさに恭介のセーターをぎゅっと握《にぎ》り締め、小実は首を振って訴《うった》えていた。恭介といっしょなら、どこでもいいから行きたい。

「よし。決まりだな」

「……う、ん」

いいのかなあと思いつつも、額をこつんと軽くぶつけられてつい頷く。恋人同士《こいびと》のような甘ったるいしぐさに、おかしいほど胸がときめいた。

「顔、ぐちゃぐちゃになってるぞ。顔洗って、ついでに風呂《ふろ》に入ってこい」

「ええっ、そんなにひどい？」

確かに目が腫《は》れている気がする。泣いたのだから当然なのだが、こんな至近距離《しきんきょり》で恭介にみっともない貌を晒していたのかと思うと、いまさらながら消え入りたくなった。

「ま、気にするな。風邪《かぜ》引いたおまえが、鼻水垂らしてるとこだって見てきたんだしさ」

うう、と唸《うな》るしかない。風邪で寝込《ねこ》んだときに看病されたり、夏祭りで迷子になりかけて大泣きしているところを発見されたり——本当に恭介には、ろくでもない場面ばかり見られてきたのだ。

「明日もバイトだろ。早く風呂入って寝ろ」

「はーい」

てんで子供扱《こどもあつか》いだ。泣いたあとの気恥《きは》ずかしさを、不満そうに唇を尖《とが》らせることで紛《まぎ》らわせる。

恭介を騙している罪悪感は相変わらず胸を疼《うず》かせていたけれど、小実にできるのはこれまでどおりに振る舞《ま》うことだった。

春休みのあいだだけでも、恭介といっしょにいるためにも。

「うわあ、綺麗《きれい》……」

高層階の部屋だけあって、窓外には見事な夜景が広がっていた。

さきほどまで遊んでいた遊園地の観覧車やジェットコースターが、オブジェのように浮《う》かび上がっている。

「気に入ったか？」

「うん。ありがとう、恭ちゃん」

窓に張りついていた小実は、後ろから近づいてきた恭介を振《ふ》り返って礼を言った。

「どういたしまして。八年来の約束だったからな」

傍《かたわ》らに立つ恭介から、澄《す》んだ涼《すず》しげな匂《にお》いが漂ってくる。半日いっしょにいたにもかかわらず、ホテルの部屋で二人きりになると、恭介の存在をやけに意識した。

「それにしても、なんでジェットコースターは平気なのに、ホラー系のアトラクションなんかが怖いんだ？」

「だってあれ、ほとんどお化け屋敷《やしき》のようなものじゃない。作りものだってわかってても、心《しん》霊《れい》写真がいっぱいあったし……」

「いやあ、いい仕事してたよなあ。あんまり期待してなかっただけに、感動しちまったぜ」

ぞっと身震《みぶる》いする小実をよそに、恭介のほうは満足そうだ。

小実の誕生日に恭介が連れてきてくれたのは、東京のど真ん中にある遊園地だった。球場に併設《へいせつ》されており、夏休み限定で設けられるお化け屋敷で有名だ。

いまは春休みだからお化け屋敷はないだろうと油断していたのだが、恭介が連れていってくれただけのことはあった。殺人事件が起きた館《やかた》を巡《めぐ》る体験型のホラーアトラクションが、めっぽう怖かったのだ。

「今度は夏休みに来ないとな。おまえ、ここのお化け屋敷には一度も来たことがないんだろ？」

「お、お化け屋敷…っ？」

恭介とまた遊園地に行きたい。でも、お化け屋敷は嫌だ。アトラクションだけでもあんなに怖かったのに――。どうしよう、と小実が悩《なや》んでいると、インターホンが鳴った。

恭介が応対し、ワゴンを押した従業員が部屋の中にやってくる。

兄弟か親戚《しんせき》とでも思っているのか、従業員は小実を見てもとくに表情を変えなかった。丁重《ていちょう》な手つきで、運んできたケーキと紅茶、シャンパンをテーブルにセッティングする。

「やっぱり誕生日にはケーキがなくちゃな」

従業員が消えると、恭介がおいで、と小実を手招きする。遊んでいる最中、園内のレストランで夕食を取ったけれど、ケーキは食べていなかった。

「ショートケーキ、好きだっただろ」

「……う、ん」

真っ白な生クリームでデコレーションされたケーキに、陶器《とうき》のように艶《つや》やかな苺《いちご》が載《の》っている。

やっぱり、このあいだから涙腺《るいせん》がおかしくなったみたいだ。ありがとうと言いたいのに、胸がいっぱいになって言葉が出てこない。

「なんだ、泣くほどケーキが好きなのか」

「うん。……大好き」

――ショートケーキじゃなくて、恭ちゃんが。

心の中だけでひそかに囁《ささや》き、小実はソファに腰《こし》を下ろした恭介の首にしがみついた。

八年もまえの約束を覚えていて、忙《いそが》しいなか時間を割《さ》いて遊園地に連れていってくれたり。誕生日だからと、ケーキを用意してくれたり。

そばにいればいるほど、恭介のことが好きになってしまう。もうこれ以上、好きになれないくらい、大好きなのに。

だから、もう充分《じゅうぶん》だ。恋人にしてほしいとか、ほかの女の人と会わないでほしいとか、不相応な願いを持たないうちに、恭介の家を出ていこう。ありがとうございましたと、笑ってお礼を言って。

「俺のぶんの苺もやるから、泣くなよ」

恭介が自分のショートケーキの苺を摘《つま》んで、小実のぶんの皿に載せてくれる。えへへと照れ笑いすると、長い指に髪《かみ》をくしゃくしゃにされた。

「さあ、乾杯《かんぱい》するぞ」

恭介が慣れたしぐさでシャンパンの入ったグラスを掲《かか》げる。目尻《めじり》に溜《た》まった涙《なみだ》を拭《ぬぐ》い、小実も恭介に倣《なら》った。

「二十歳《はたち》の誕生日、おめでとう」

「……ありがと」

恭介のまなざしが包み込むようにやさしくて、なんだかくすぐったい。

恐《おそ》る恐るグラスに口をつける。冷えたシャンパンのきめ細かな泡《あわ》が喉《のど》を滑《すべ》り落ち、かっと体の中が熱くなった。

「どうだ？」

子供じみた感想を述べると、恭介がぷっと吹《ふ》き出した。

「お酒の味がする」

「おまえにはまだ早かったみたいだな。嫌だったら、紅茶でも飲んでろ」

「……うん」

また酔《よ》っ払《ぱら》って、恭介に迷惑《めいわく》をかけたくなかった。素直《すなお》にシャンパンの入ったグラスを恭介に渡《わた》し、紅茶をティーカップに注ぐ。

夜景を眺《なが》めながら、シャンパンを傾《かたむ》ける大人になれるのは、まだまださきのようだ。

せっかく恭介がお洒落《しゃれ》に決めてくれたのに。ちょっとしょんぼりしながらケーキをつついていると、恭介がポケットの中からラッピングされた小箱を取り出した。

「誕生日プレゼントだ」

「そ…そんな、プレゼントなんていいよ。遊園地に連れてきてもらって、ホテルにまで泊《と》まらせてもらったのに…っ」

プレゼントをもらわなくても、これでもう充分だと、小実はフォークを手にしたまま、ふるふるとかぶりを振った。恭介に誕生日を祝ってもらったことじたいが、小実にとっては素敵《すてき》なプレゼントなのだ。

「いいから、開けてみろ」

「う、うん」

有無《うむ》を言わさぬ口調で命じられ、小実はおずおずと小箱を受け取った。ラッピングを解いていくと、デコラティブな字体で記された「VANQUISH」のブランド名が現れる。

「これって……」

箱の中には、シルバーのキーホルダーが入っていた。百合《ゆり》の紋章《もんしょう》の洗練されたデザインとチェーンの精巧《せいこう》な作りから、一目でヴァンキッシュの品だとわかる。

「いいの……？　こんな高いもの、もらっても……」

「十周年記念の限定品らしいな。友人割引にしてやると言って、羽崎のやつに押しつけられた」

これまでもヴァンキッシュは、セレクトショップなどとコラボレーションした限定品を発売してきた。いずれの商品もすぐに完売してしまい、プレミアがついているはずだ。入手が難しい限定品を手に入れられたのは、デザイナーの羽崎と交友のある恭介だからこそだろう。

「あ、ありがと…っ」

誕生日を覚えていてくれて、プレゼントまで用意してくれて。どうして恭介はこんなに律儀《りちぎ》で、やさしいんだろう。

鼻の奥がつんと痛んで、視界が不安定に揺《ゆ》らぐ。胸がいっぱいになって、涙腺が決壊《けっかい》しそうになる。もう、だめだ。涙を見せまいと俯《うつむ》いた顎《あご》を、恭介に掬《すく》い上げられた。

「泣くなよ」

「……ぁ」

なにかを言う間もなく、唇《くちびる》を塞《ふさ》がれていた。驚《おどろ》いたせいで、溢《あふ》れそうになった涙が止まる。しっかりとした骨格で構成された体と、自分より少し高い体温。フレグランスと整髪料《せいはつ》の混ざった匂いが、ずくんと小実の腰を疼《うず》かせる。

恭介にキスされているだけで、のぼせ上がりそうだった。気持ちいいのと幸せなのとで、うっとりしてしまう。

「甘いな。ケーキの味がする」

キスを解いた恭介に唇をぺろりと舐《な》められて、妖《あや》しい疼きが下肢《かし》を直撃《ちょくげき》する。これ以上恭介に抱《だ》きしめられていると、はしたない事態になりそうだった。

「恭ちゃ…ん、も……」

抱擁《ほうよう》から逃れようと身じろいだが、恭介は力を緩《ゆる》めてくれなかった。それどころか、上気した耳許《みみもと》で唆《そその》かすように囁く。

「せっかく二十歳になったんだから、大人なことしようぜ」

汗《あせ》が膝裏《ひざうら》を伝い落ちる感触《かんしょく》にさえ、肌《はだ》が震《ふる》える。

かすかに身震《みぶる》いした小実を見下ろし、恭介が心配そうに眉《まゆ》を曇《くも》らせた。

「きついか……？」

「うう、ん……」

熱っぽく掠《かす》れた声が体内にまで響《ひび》くようで、一分の隙間《すきま》もなく密着した部分がひくりと慄《おのの》いた。

両脚《りょうあし》を左右に大きく開かれ、ほとんど二つ折りにされた姿勢は苦しかったけれど、恭介を受け入れる行為《こうい》じたいに痛みはない。

——恭ちゃんの……入ってる。

おずおずと視線を巡らせると、両脚のあいだの光景が見えた。張りつめて濡《ぬ》れている性器のさらに奥に、恭介の逞《たくま》しいものが押し当てられている。

強烈《きょうれつ》で、いやらしくて、脳がぐらぐらと煮《に》えた。視覚と体感が連動して、興奮と快感を倍増させる。

「どこ見てんだ？　小実」

「あ、…っ」

小実の視線に気づいた恭介が、口許《くちもと》に淫蕩《いんとう》な笑《え》みを刷《は》いた。

「見てると感じるのか？　いやらしいな」

「ち、ちが……あ、あっ」

羞《は》じらって否定しようとした声が、揺すり上げられて喘《あえ》ぎに変わる。歓喜《かんき》に震える粘膜《ねんまく》がきゆうんっと竦《すく》み、恭介を締《し》め上げた。

「あんまり締めつけるなよ。ほら、音がしてるぜ」

「や……ぁ」

アメニティのボディミルクを使って、恭介に滴《したた》るほど潤《うるお》されたせいだ。けれどそう言われると、恭介を欲しがって自分自身が濡れた気がした。

羞恥《しゅうち》に竦み上がれば、中にいる恭介をますます締めつけてしまう。そのたびに逞しいものがさらに嵩《かさ》を増す感覚があって、小実は自分で自分を追いつめる羽目になった。

壊《こわ》されそうで怖《こわ》いけれど、でも、もっと欲しい。相反する気持ちを持て余す小実の小さな尻《しり》が、本人も気づかないままうずうずと揺れた。

「すごいな、おまえの中。ぬるぬるに濡れてて、あたたかくて……」

言わないでとかぶりを振《ふ》ったが、恭介は赦《ゆる》してくれなかった。小実の内部がどんな様子か、どんなふうに蠢《うごめ》いて恭介を食《は》んでいるのかを、逐一《ちくいち》報告してくる。

「ほら、どんな音がしてる?」

「ぐちゃぐちゃ、ゆって…る」

緩やかに腰《こし》を前後されて、耳を覆《おお》いたくなるような音を引き出される。恥《は》ずかしいその音を言葉にすると、おかしいほど興奮した。

両脚のあいだで昂《たかぶ》っていた性器が、新たな蜜《みつ》をとろりと零《こぼ》す。見咎《みとが》めた恭介が、嬲《なぶ》るように目を細めた。

「いやらしいことを言っても、感じるのか。困った子だな、小実」

「ひあ…ん、っ」

肌がぶつかるほど腰を叩《たた》きつけられて、あられもない嬌声《きょうせい》が弾《はじ》けた。頭のてっぺんから爪先《つまさき》まで、快感がちりりと火花を散らして駆《か》け抜《ぬ》けていく。時間をかけて丹念《たんねん》に蕩《とろ》かされた粘膜はすっかり熟《う》れていて、どこを擦《こす》られても狂《くる》おしいまでの快感を生じた。

「わかってるのか？　おまえ、自分で腰振《こしふ》ってるんだぜ」

「や…あ、してな…」

「してないって、うねうね吸いついてくるくせに」

恭介が動きを止めても、小実の腰が勝手にかくかくと弾《はず》んで、内部に銜《くわ》え込んだものをみっしりと絞《しぼ》り上げてしまう。

「どこで覚えたんだよ？　こんないやらしい動き」

「あっ、あ、知らな…っ」

眉間《みけん》に皺《しわ》を刻んだ恭介は、なぜか少し悔《くや》しそうだった。仕返しのようにぬるぬると突《つ》き上げられながら、知らないと、羞恥の涙《なみだ》を振り零《こぼ》す。

「ほら、ここが好きなんだろ」

「やああ…んっ」

周囲とは感触が異なる、こりっとした場所を張り出した切っ先で抉《えぐ》られて、小実の体が感電したように跳《は》ねた。同じリズムで震えた花茎《かけい》が、とぷとぷっと濃密《のうみつ》な蜜を溢れさせる。

「い、やあ、そこ…っ、だ、め…っ、だめぇっ」

閃光《せんこう》のような快感が立て続けに生じ、脳が眩《くら》んだようになった。

恭介の胸に手を突っ張り、二つ折りにされた不自由な姿勢でもがく。逃《に》げようとしているのか、それとも、もっとと腰を擦りつけているのか、小実自身にもわからなかった。

「ったく、エロい声出しやがって」

欲情《よくじょう》に煙《けぶ》ったまなざしをして、恭介が自分の唇を潤《うるお》す。ちらりと覗《のぞ》いた紅《あか》い舌を目にした瞬《しゅん》間《かん》、熱い痺《しび》れが小実の脊髄《せきずい》を駆け上がった。視覚の刺激《しげき》は強烈で、恭介を押し包む粘膜もまた連動して収縮してしまう。

「恭ちゃ…あ、あ…っ」

「おまえが煽《あお》るからだぞ」

また恭介が内部で膨《ふく》らむ気配があって、嘘《うそ》、と目を瞠《みは》ると、不本意そうな声が落ちてきた。

「やあ、おっき…おっきい、よ…ぅっ」

「だから、そういうこと言うなっての」

舌打ちしながら、恭介が自身の逞しい形状を知らしめるように、ゆっくりと腰を送り込んでくる。

「だって……おっき、い……」

啜《すす》り泣きながら訴《うった》えると、恭介の唇がこめかみに落ちてきた。

「嫌《きら》いか？　これ」

深く沈《しず》めたものをぬちぬちと前後されて、恭介の首にしがみつく。

——恭ちゃんのだから。

胸の中でだけ囁《ささや》く。快楽を与《あた》えてくれるそれだけが、好きなんじゃない。恭介のものだから、好きなのだ。

それに、恭介でなければこんなに感じたりしない。

「——大好き……っ」

問いに答えるふりをして、ふだん口にできない想《おも》いを告げる。案の定恭介は、誤解したようだ。

「ずいぶん気に入られたもんだな」

「ん、…っ」

笑みを湛《たた》えた唇が落ちてきて、噛《か》みつくようにキスをされた。

両脚を肩《かた》に抱《かか》え上げられて、二つの部分で深く繋《つな》がる。口腔《こうこう》を掻《か》き混ぜる舌と同じ動きで鋼《はがね》のような性器に粘膜を捏《こ》ねられて、恭介に押しひしがれた小実の細い肢体《したい》が痙攣《けいれん》した。

「は…ふ、っあ…あ」

気持ちのいい場所にずっと切っ先が当たっていて、はしたない声を止められない。感じすぎて、どこもかしこもどろどろに溶《と》けて、ぐちゃぐちゃになっている。

「い…っちゃう…、も…お、いっちゃ…うっ」

「あとちょっとだけ我慢《がまん》しろよ」

「あふ…う、ん…っ」

深く貫《つらぬ》いたままぐるりと抉り回されて、卑猥《ひわい》な声とあからさまな交接音が部屋に響く。早くと訴えるように、痙攣じみた震えを帯びた粘膜がぎゅうぎゅうと恭介を押し包む。

「喰《く》らいついてくるな……どうなってんだよ、おまえの中」

「ひっ…ん、わかんな……」

気持ちがよくて、よくて、おかしくなりそうだった。自分がどんなにはしたない真似《まね》をしているか自覚する余裕《よゆう》などなく、恭介にしがみついて、本能のままに腰を揺《ゆ》らめかせる。

「あっあ、い…く、いっちゃ…ぅぅ」

「いいぜ……出してやる」

「あぁ…っ」

激しく突き上げてくる恭介の背中に爪《つめ》を立てて絶頂に達した瞬間、奥の奥まで侵略《しんりゃく》する勢いで熱い奔流《ほんりゅう》を叩きつけられた。

「あ…っ、ぁ……」

放熱を終えても、なかなか痙攣が治まらない。中に放たれた恭介のものを舐《な》め啜るように、粘膜がびくびくとうねっていた。

――おなかの中が、あたたかい……。

恭介の甘い熱に灼《や》き尽《つ》くされて、体が溶けていくみたいだ。いっそこのまま、恭介と一つに溶けあってしまえばいいのに。

「大丈夫《だいじょうぶ》か？」

「……ん」

気遣《きづか》わしげな手に頬《ほお》を撫《な》でられて、淡《あわ》く微笑《ほほえ》む。子供のころからずっと変わらない、やさしい手。

「ありがと……恭ちゃん」

遊園地に連れてきてくれて、誕生日のお祝いをしてくれて。今日のことは、一生忘れないから。──想いのたけを込めて恭介を見つめていると、眦《まなじり》に溜《た》まっていた涙がほろりと溢《あふ》れた。

すかさず恭介が顔を寄せてきて、唇《くちびる》に含《ふく》み取ってくれる。

「泣くほど嬉《うれ》しかったのか？　じゃあ、やっぱり今度はお化け屋敷《やしき》のある夏休みに連れてきてやる」

「えぇ…っ、それは、ちょっと……」

困ったなと思いながら身じろぐと、少しおとなしくなっていた恭介のものが体内で力強く脈打つ感覚があった。

あ、と小さく声を上げた小実の瞳《ひとみ》が、恭介への感謝とは異なる感情にとろりと潤《うる》む。

「嫌《いや》か？」

「ううん……もっと、して……」

もしかしたら、明日は起き上がれないかもしれない。

それでもいいから、二十歳《はたち》の誕生日の記念に恭介との思い出が欲しかった。

こうしているあいだも、恭介との同居は終わりに近づいているのだ。

いっしょにホラー映画を観たり、作った料理を褒めてもらったり。食事中に他愛のない話をしたことも、小実にとっては恭介との大切な思い出だ。

会社ではきっちりしている恭介が、満腹になったライオンよろしく自宅のソファにだらしなく寝そべっている姿なんて、同居しなければ見られなかっただろう。わがままな王さまのように、新聞を取ってこい、飲みものを持ってこいと命令されるのも嬉しかった。

――本当はずっといっしょにいたい。

伝えられない想いを胸に秘《ひ》めて、恭介の背中に腕《うで》を廻《まわ》す。応《こた》えるように抱《だ》き返され、再び嵐《あらし》のような快感に巻き込まれる。

幸せなのに、切なくて。

二十歳の誕生日は、小実の胸に甘やかな感傷とともに灼きついた。

7

「ただいま」

一人暮らしの部屋に帰っても、お帰りと言ってくれる人はいない。わかっていて声をかけるのは、小実の習慣だ。

明かりをつけると、住み慣れた自分の部屋が浮《う》かび上がる。なのに、どうして淋《さび》しいと思ってしまうのだろう。

大学がはじまって一週間、まだ春休み気分を引きずっているのかもしれない。

春休みの終わりとともに、二ヵ月近くに及《およ》んだ恭介との同居に別れを告げ、小実は一人暮らしをしていたアパートに戻《もど》った。資料室のアルバイトは続けているが、大学の講義があるので、週二日の勤務だ。

買ってきた食材を取り出し、夕食作りに取りかかる。昨日の残りものがあるから、味噌汁《みそしる》と小松菜の煮《に》びたしを作って、魚を焼くだけだ。

慣れているだけあって、勝手に手が動く。こんなときについ考えるのは、やはり恭介のことだ。

あの楽しかった誕生日のあと、小実は勇気を振《ふ》り絞《しぼ》って恭介に切り出した。

『いままでありがとう。春休みが終わったら、自分のうちに帰るね』

『そうか……もうそんな時期か』

小実に言われてようやく、同居が春休み中だけの約束だったことを思い出したというように恭介は目を瞠《みは》った。なにかを考えるような、ためらうような沈黙《ちんもく》が落ちる。

このままうちにいろ、と言ってくれないだろうか。

つい期待してしまったのだが、しばらくして恭介は『しょうがないな』と口を開いた。

『おまえを一人にさせるのは心配だけど、最初から同居は春休み中だけの約束だったしな。一人暮らしに戻っても、真面目《まじめ》に暮らせよ』

妙《みょう》な男にほいほいくっついていくなとか、うかつに他人を部屋に入れるなとか釘《くぎ》を刺されたけれど、同居を言い渡した際の強引《ごういん》な言動からはかけ離《はな》れた淡々《たんたん》とした態度に、小実はすっかり拍子抜《ひょうしぬ》けしてしまった。

同居させてくれたのは、春休み中に小実がふしだらな真似《まね》をしないか、心配してくれたのだろう。

弟のような存在が同性愛に走るのを、見るに見かねたに違《ちが》いない。恭介が相手をしてくれたのも、男の人を誘《さそ》ったりするような見苦しい真似を小実にさせまいとしてのことだろう。

恭介にあったのは、昔馴染《むかしなじ》みとしての責任感だ。かつて小実の庇護《ひご》者だったころの感覚そのままに、見捨てておけないと思ったのかもしれない。

すんなりと同居を解消した恭介の態度にそのことをまざまざと思い知らされて、小実は落ち込んだ。

恭介は同情や責任感から同居させてくれたのであって、彼にそれ以上の感情がないことは、最初からわかっていたはずだ。

けれど、恭介があんまりやさしいから、つい期待してしまった。

『そんなに男が欲しいなら、俺が相手してやる』

最初のときだって、罰的《ばつ》な意味合いがあった行為《こうい》なのかもしれないけれど、恭介はやさしかった。恭介はいつも強引で少し意地悪だったけれど、ただの一度も体を傷つけられたことはない。

おまけに、誕生日を覚えていてくれたばかりか、八年来の約束を果たしてくれた。二十歳の誕生日という大切な節目の日を、恭介にお祝いしてもらったことは一生の思い出だ。

あのときの恭介の態度も言葉もなにもかもが甘ったるくて、まるで恋人《こいびと》のようだったから、特別な存在に思われているのではないかと錯覚《さっかく》しそうになった。

恭介のことが好きなあまり、自分に都合のいいように解釈《かいしゃく》してしまったのだろう。

恭介が最初の一度だけでなく、そのあと何度も抱いてくれたのは、少しは自分のことを気に入ってくれたからかなと思い上がったことを考えたりもした。

恭介といっしょにいるときの自分は、きっともの欲しそうな貌《かお》をしていたと思う。恭介にしてみれば、初めて経験したセックスに夢中になっている馬鹿《ばか》な子供を見るに見かねて、相手をしてくれたに過ぎないのだ。

新入生が入学してきて大学は賑《にぎ》やかになり、桜が咲《さ》きはじめて世間が花見だと浮かれる中、小実の気持ちは沈《しず》むばかりだった。

講義だのサークルだのので、大学にいるときは気が紛《まぎ》れるからまだいい。やりきれないのは、こうして部屋で一人になったときだ。

夕食が完成し、小さなテーブルに並べる。味噌汁と小松菜の煮びたし、焼き魚のほかは、昨日作った煮物という地味な献立《こんだて》だ。

「いただきます」

やはり習慣で手を合わせたものの、一人きりの食卓《しょくたく》はひどく味気なかった。

「また明日も煮物だなあ……」

一人暮らしに戻ってから、独り言が多くなった。話し相手がいないのだから仕方がない。

大量に作りすぎた煮物は、明日どころか、明後日《あさって》も食べなければならないだろう。これと同じ煮物を作ったとき、恭介が味つけを褒《ほ》めてくれたのを思い出して、なんだか泣きたくなった。

「恭ちゃん、どうしてるかな……」

いまごろはまだ仕事だろう。例の香水《こうすい》の持ち主と会っているのかもしれないと思うと、胸がきりきりと痛んだ。

――もし、女の子だったら結婚《けっこん》してもらえたかな。

虚《むな》しいことを想像してしまい、自分でもおかしくなった。恭介が自分のような子供を相手にするはずがない。

「……恭ちゃん」

呼びかけても、もちろん返事はない。

『なんだよ』

ぶっきらぼうな、それでいてあたたかい声が懐《なつ》かしかった。

恭介には、なにかあれば連絡《れんらく》しろと言われている。でも、恭介の多忙《たぼう》ぶりを身近で見てきた小実としては、声が聞きたいという理由だけで連絡するのは気が引けた。

それに、声を聞けば、会いたくなる。

「好き……」

——僕なんかが好きになっても、恭ちゃんは迷惑《めいわく》だろうけれど。

一人きりの部屋が淋しくてたまらないのは、恭介のことが好きだからだ。一度でも、恭介のぬくもりを知ってしまったからだ。

恭介との同居があんまり楽しくて、ついあのままずっといっしょに暮らせたらなどと考えてしまった。

半分も食べないうちに胸がいっぱいになって、箸《はし》を置く。ベッドサイドに行って、あひるのぬいぐるみをぎゅっと抱《だ》きしめた。子供のころ、淋しいときや哀《かな》しいとき、そうしていたように。

その傍《かたわ》らには、誕生日プレゼントにもらったキーホルダーがある。もったいないので、箱に入れて飾《かざ》ったままだ。

明日アルバイトに行けば、恭介に会えるかもしれない。恭介からもらった宝物を抱きしめながら、自分に言い聞かせて胸を軋《きし》ませている淋《さび》しさをやり過ごす。

週二日のアルバイトはいまや、恭介に会える貴重な機会だった。


「森本くん」

社員の一人に声をかけられ、データ入力をしていた小実はパソコン画面から顔を上げた。

「これを、七階にある経営企画《きかく》室の川本《かわもと》室長に渡してきてください」

「はい」

資料の入った封筒《ふうとう》を受け取り、小実は資料室をあとにした。七階まで階段を上る気力はなく、エレベーターを待つ。

腕時計を見ると、もう五時だった。D&Yの終業時間は五時半なのだが、今日は少し残業をすることになりそうだ。週二日の勤務になったために一日あたりの仕事量が増え、あっというまに時間が経《た》ってしまうのが悩《なや》ましい。

人件費の削減《さくげん》が叫《さけ》ばれる昨今、以前辞《や》めた派遣《はけん》社員のぶんの人員の補充《ほじゅう》はなく、四月に入ってからも資料室の面子《メンツ》に変化はなかった。

宮越は相変わらずだったが、挨拶《あいさつ》だけはちゃんとして、あとは接触《せっしょく》しないようにしている。

触《さわ》らぬ神になんとやらというし、つけ込まれるような隙《すき》を作らないのがいちばんだ。

北山や三島が気を遣《つか》って、仕事上で宮越と接点を持たずにすむように取り計らってくれているので、助かっている。

ただし、アルバイトに行けば恭介に会えるという考えは、甘かったようだ。パシリよろしく呼びつけられたり、恭介自ら資料室に来てくれない限り、多忙な人気クリエイターと他部署のしがないアルバイトとでは接点がない。

しかも、届けものがあってクリエイティブ局に立ち寄る機会があっても、恭介は外出中だったり、会議中だったりと、顔を見ることとさえできなかった。

会いたいと思うほどに会えないなんて、皮肉なものだ。

このままじゃ、今日も恭介の顔を見れないかもしれない。ため息をついたとき、エレベーターがやってきた。

「あら、小実ちゃん」

「こんにちは」

中に乗っていたのは、恭介の同僚《どうりょう》の利佳子だった。

「どこまで？」

「七階までお願いします」

今日の利佳子はすらりとした肢体《したい》を際立《きわだ》たせるような、シャープなパンツスーツ姿だった。それでいて、花のような果物《くだもの》のような、甘い香《かお》りを漂わせている。

「いまは、高見くんといっしょに住んでないの？」

「え…あ、はい。大学がはじまったので……」

どうして同居していたことを知ってるんだろう。恭介が利佳子に話したんだろうか。

不思議に思っていると、利佳子が笑《え》みを深めた。

「だって高見くん、小実ちゃんがうちで待ってるから、って帰っていくんだもの。忙しいときは家に帰らず、会社で寝泊《ねと》まりするか、近くのホテルに泊《と》まってたのに」

「会社で、ですか……？」

「そう。角にあるお弁当屋さん、知ってる？　あの奥に銭湯があってね、家に帰れない社員たちの憩《いこ》いの場になってるのよ」

そういえば恭介は、どんなに遅《おそ》くなろうとも、たとえ朝になっても、必ず家に帰ってきた。恭介のマンションは会社から近いとはいえ、忙しいときは帰宅にかかる時間さえ惜《お》しいだろうに。

あれは、小実が家にいたからだったのだろうか。

軽い振動《しんどう》を伴《ともな》って、エレベーターがクリエイティブ局のある五階に止まる。

「じゃあ、また。よかったら、いつかご飯に行きましょう。高見くんの秘密を教えてあげるわ」

小実ににっこりと笑いかけ、利佳子が降りていく。

――この匂《にお》い……。

彼女のまとう香りがふわりと鼻先を掠《かす》めた瞬間《しゅんかん》、触発《しょくはつ》される記憶《きおく》があった。これは、帰宅した恭介のスーツから漂《ただよ》った移《うつ》り香《が》と同じ香りではないのか。

「山際さん…っ」

慌《あわ》てて閉じかけた扉《とびら》に手をかけ、利佳子を呼び止める。

「あの……失礼ですが、香水かなにかつけてらっしゃいますか?」

「あ、ごめん。臭《くさ》かった?」

利佳子が自分の襟許《えりもと》を嗅ぐそぶりをしたので、小実は慌ててかぶりを振った。

「いっいいえ。いい匂いだなと思って」

「うふふ、ありがと。彼氏からのプレゼントなの」

香水の名前を教えてくれたけれど、ブランドにもお洒落《しゃれ》にも疎《うと》い小実には覚えられなかった。

じゃあね、と去っていく利佳子に黙礼《もくれい》し、エレベーターの扉を閉じる。

仕事で恭介の帰宅が遅くなったとき、利佳子といっしょだったのだろうか。同じチームで、二人で組んで仕事をすることも多いというから、ありえないことではない。

でも、恭介から漂った移り香が、利佳子の香水だという証拠《しょうこ》はない。それに、利佳子の彼氏というのが、もし恭介だとしたら——。

頭がこんがらがってしまい、小実はふるふるとかぶりを振った。

落ち込むようなことを考えるのは、やめよう。

どんなに遅くなっても恭介が帰ってきたのは、家で待っている自分のためだったのだ。それがわかっただけでも、現金なことに気分が浮上していた。

地階にある書庫は、古い書物独特の匂いに満ちている。

ギイ…と不吉《ふきつ》な音を立てて扉が閉まり、小実はびくりとして肩《かた》を竦《すく》めた。怖《こわ》がりな小実にとって、誰《だれ》もいない地下の書庫で作業をするのは肝試《きもだめ》しに等しい。

湿気《しっけ》を孕《はら》んだ空気は澱《よど》んで重く、消えかけた蛍光灯《けいこうとう》が不気味に明滅《めいめつ》している。あそこは出るという噂《うわさ》を聞いただけに、怖かった。

さっさと片づけて、帰ろう。予想どおり残業になってしまったけれど、資料室から台車で運んできた古い資料を書庫の棚《たな》に並べれば、今日の仕事は終わりだ。

貼《は》られたラベルを確かめながら、本を並べていく。作業じたいは単純なので、さきほど会った利佳子との会話をつい反芻《はんすう》してしまう。

恭介が遅くなっても必ず帰宅してくれたのは、小実が家で待っていたからだったのだ。

自分の親に了解《りょうかい》を得てまで同居をさせた責任からだとしても、自分のために多忙《たぼう》な恭介が帰ってきてくれたことが嬉《うれ》しかった。

利佳子の話しぶりからすると、恭介といっしょに残業していたようだ。ならば、香水の香りが移ってもおかしくない。

以前、二人が打ち合わせしていた光景が脳裏《のうり》を過《よぎ》り、しくりと胸が疼《うず》いた。息の合った、親密な雰囲気《ふんいき》。本当に二人は、ただの仕事仲間なんだろうか。

どうしても消えない疑念がまた頭をもたげたとき、書庫の扉が開く音がした。

資料を探して書庫にまでやってくる社員は、めったにいない。こちらに近づいてくる靴音《くつおと》に興味といくばくかの警戒を覚えつつ、小実は書棚《しょだな》のあいだから顔を覗《のぞ》かせた。

「……宮越さん」

現れた宮越の姿を見て、思わず息を呑《の》んだ。

自分で掻《か》き毟《むし》ったのか、いつもきちんと整えられている髪《かみ》がすっかり乱れ、目は血走っている。いったいなにがあったのか、明らかに尋常《じんじょう》ではない様子だ。

「室長から、早期退職を勧《すす》められた」

宮越が口許を引き攣《つ》らせ、呻《うめ》くように告げる。学生である小実には一瞬《いっしゅん》、なんのことか理解できなかった。

「早期退職って……」

「首切りだよ、首切りっ」

小実の鈍《にぶ》い反応に苛立《いらだ》ったように、宮越が吠《ほ》える。

そういえば小実が書庫に来るまえ、北山が宮越をミーティングルームに誘《さそ》っていた。そこで、退職の話が出たのだろうか。

あまりの剣幕《けんまく》に気圧《けお》されているうちに、宮越がもう一歩、また一歩と間合いを詰《つ》めてくる。

思わずあとずさったが、すぐに背中が書棚にぶつかった。

「おまえが、あのことを告げ口したんだろう」

宮越が充血《じゅうけつ》した目をぎらつかせて、小実をねめつける。これまでとは、がらりと口調が変わっていた。

あのこと、というのは、二ヵ月近くまえの歓迎会《かんげいかい》の夜の出来事を指しているらしい。恭介との同居の引き金となった一件のことが、いまとなってはひどく遠い過去の出来事に思えた。

「告げ口なんて、してません…っ」

とんでもないと、小実は青ざめてかぶりを振った。しかし、宮越が小実の言い分を聞き入れてくれるはずもない。

「自分だけ被害者面《ひがいしゃづら》しやがって。おまえのほうから誘ったくせに」

「宮越さ……」

アルバイトをはじめたころ、親切にしてくれた人物と目の前にいる宮越が同一人物とは思えなかった。どこか常軌《じょうき》を逸《いっ》したような目をした宮越が、ひたすら恐《おそ》ろしい。

「可愛《かわい》い貌《かお》をして、とんだ好き者だよ、おまえは」

「っ……」

いきなり伸《の》びてきた手に二の腕《うで》を捉《とら》えられ、竦み上がる。足を踏《ふ》ん張って抵抗《ていこう》したが、体格も力も勝《まさ》る宮越に小柄《こがら》な小実が敵《かな》うはずもなく、広い通路のほうへずるずると引きずられた。

思わず、そこに置いていた台車のハンドルを摑《つか》む。意図せずして、ゆらりと動いた台車が宮越の脛《すね》に当たった。

「っくそ…、どいつもこいつも馬鹿《ばか》にしやがって…っ」

痛みに呻いた宮越が顔を真っ赤にさせて、怒《いか》りを爆発《ばくはつ》させる。身構える暇《ひま》もなく足払《あしばら》いされ、小実はもんどり打って床《ゆか》に倒《たお》れた。

すかさず宮越に体重をかけて乗りかかられ、うっと息が詰まる。華奢《きやしや》な骨格が、軋《きし》みを上げていた。

あれほど、隙《すき》を作らないよう気をつけてきたのに。だが、社内では大胆《だいたん》な行動に出ないだろうという油断があったのも確かだ。

「み…宮越さん、落ち着いてくださ……」

「うるさい、黙《だま》れ。なにも知らないって貌して、高見のやつを銜《くわ》え込みやがって」

ここが誰もいない書庫でよかった。宮越の薄汚《うすぎたな》い言葉を、誰にも聞かれたくない。自分だけならいいが、恭介の評判を貶《おとし》めてしまう。

「いっしょに暮らしてるんだろ？　何度、可愛がってもらったんだよ？」

「ち、違《ちが》います……それは、アルバイトが毎日ある春休み中だけのことで……」

「なんだ。飽《あ》きられて、捨てられたのか」

事情を説明しようとしたが、いやらしい笑みを浮かべた宮越に遮られた。

「だったら、俺が可愛がってやるよ」

「や、め…っ」

シャツの下に着ていたTシャツの裾《すそ》から、宮越の手が侵入《しんにゅう》してくる。粘《ねば》ついた手つきで肌《はだ》をまさぐられ、全身が粟立《あわだ》った。

気持ちが悪くて、吐《は》き気がする。肌を掠める吐息《といき》さえ、おぞましい。

恭介のぬくもりを知ってしまったいま、以前宮越に触《さわ》られたときよりも激しい嫌悪《けんお》が体の奥底から湧き上がってきた。

恭介しか知らないし、知りたくもない。一生、恭介だけでいい。

この体に触れるのは、恭介でなければ嫌《いや》だ。

「やっ…やだ、……恭ちゃん……！」

胸許に這《は》い上がってきた手に、背筋がぞわりとする。とっさに目を瞑《つぶ》った小実の口から、恭介の名前が迸《ほとばし》った。

「よほど可愛がられてるんだな。こんなときに名前を呼ぶな……うああっ」

宮越の言葉がふいに途切《とぎ》れ、悲鳴とともに小実の上から重みが消える。

なにが起きたんだろう。床に転がったまま目を開けると、いつの間にか恭介がいて宮越の襟《えり》首《くび》を引っ摑んでいた。

「おまえ……俺を殴《なぐ》って、ただですむと……」

よく見れば、恭介と睨《にら》みあう宮越の唇《くちびる》の端《はし》が切れて血が滲《にじ》んでいる。

「ただですむに決まってんだろ。おまえ、退職勧告《かんこく》されたんだって？　いくら四葉《よつば》銀行役員のお坊《ぼっ》ちゃまでも、うちの会社にはもうおまえみたいな無能な社員を雇《やと》っておく余裕《よゆう》はないんだよ」

「な…っ」

容赦のない恭介の言葉に目を剝《む》いた宮越は、書棚のあいだから現れた北山を見てぎくりとしたように口を噤んだ。

「宮越くん……森本くんに、いったいなにをしたんだね」

北山の問いかけに、宮越は弾《はじ》かれたように自分の襟を摑む恭介の手を振《ふ》り払《はら》った。

「ご、誤解です！　僕はなにも…っ」

「言い訳はいい。話はこれから、詳《くわ》しく聞かせてもらうよ」

言い繕《つくろ》おうとする宮越を、北山はいつもの温厚《おんこう》な様子からは想像もつかない厳しい口調で遮った。

「森本くん、怪我《けが》はない？　話を聞かせてもらって大丈夫《だいじょうぶ》かな」

宮越に対するのとは打って変わり、北山が労《いたわ》りに満ちた口調で小実に訊《たず》ねる。

「は…はい」

傍《かたわ》らに駆《か》け寄った恭介に抱《だ》き起こされながら、小実はようやく事態を理解した。どうしてかはわからないけれど、恭介と北山が駆けつけてくれたおかげで助かったのだ。

「大丈夫か？　どこか痛いところは？」

「ううん」

ひどく険しい、そして心配そうな恭介のまなざしに覗き込まれて、なんともないと首を横に

振る。床に押し倒されたときに体を打ったが、青あざができているくらいだろう。

安心したように息をついた恭介に抱き寄せられる。

「間に合ってよかった。……宮越がおまえに乗りかかっているのを見たときは、どうしようかと思ったぜ」

くそ、と罵《ののし》りながら、恭介が痛いほどの力で抱きしめてくる。激情をやり過ごすように逞《たくま》しい腕がかすかに震えていて、小実は胸を衝《つ》かれた。

――心配して、くれたんだ……。

恭介に心配をかけたことが申し訳ない反面、失うことを恐れるかのように抱きしめられて、不謹慎なほどに甘い喜びが小実の胸に広がった。まるで自分が、弟のような存在以上に思われているのではないかと錯覚《さっかく》しそうになる。

北山に伴《ともな》われて書庫を出ていく宮越が昏《くら》く澱《よど》んだまなざしで睨んでいったけれど、どうでもよかった。恭介が好きだとばらされても、怖くない。

おずおずと腕を廻《まわ》して、一回り大きな体を抱きしめた。ひんやりと澄んだ匂《にお》いを胸いっぱいに吸い込む。

「……あんまり心配かけさせるなよ」

「ごめんね……」

もう怖くなかったけれど、久しぶりの恭介のぬくもりにもう少し浸《ひた》りたくて、小実は広い胸にしがみついた。

「お邪魔《じゃま》します」

「律儀《りちぎ》だな」

玄関先《げんかんさき》で挨拶《あいさつ》すると、恭介が唇を薄《うす》く綻《ほころ》ばせる。

北山に状況《じょうきょう》を説明したあと、小実はタクシーに押し込められて、恭介のマンションに連れてこられた。さすがに今夜は一人になりたくなかったので、恭介の心遣《こころづか》いがありがたい。

書庫で仕事をしていると、宮越がやってきていきなり暴力を振るわれた――宮越の側に性的な目的があったことには触《ふ》れなかったが、北山は察してくれたようだ。歓迎会の帰りにも危《あや》うい事態になりかけたことを恭介が匂わせると、納得《なっとく》した貌になった。

『面談で退職勧告の件を話したら、森本くんの件と関係があるんですか、と訊《き》かれてね。なんのことかわからなかったんだが……嫌な目に遭《あ》わせて申し訳ない』

今回の件も含《ふく》めて、宮越には辞《や》めてもらうことになるだろう、と北山から聞かされて、小実は複雑な気分になった。

『仕事ができないだけじゃない。営業時代には経費の使い込みをしてたし、挙句に暴行騒《さわ》ぎまで引き起こしたんだ。宮越の自業自得《じごうじとく》だ』

なんにせよ宮越は切るしかなかった、と傍らの恭介に言われて、少しだけ気持ちが軽くなった。

恭介は小実が北山に説明するあいだもずっとそばにいて、なにくれとなくフォローしてくれた。小実一人では、どう説明すればいいかわからなかっただろう。

どうやら恭介は、利佳子から小実と会ったことを聞いて資料室にやってきたらしい。ちょうど宮越との面談を終えた北山と鉢合《はちあ》わせし、二人して書庫にやってきたのだという。

二人が書庫に来るのが少しでも遅れていたら、いまごろはどうなっていたことか。——考えただけで、身震いが走った。

それにしても、恭介には迷惑と心配ばかりかけている。同じ相手に二度も襲われたことといい、自分が不甲斐《ふがい》なかった。

「なんか飲むか？」

「——恭ちゃん」

キッチンに向かいかけた恭介を呼びとめ、小実は改めてお礼と謝罪をした。

「また助けてくれて、ありがとう。迷惑をかけて、ごめんなさい」

「前回はともかく、今回は不可抗力《ふかこうりょく》だろう。おまえだって、宮越が社内であんな行動に出るなんて思ってなかっただろうし」

無人の書庫で一人きりになった小実の不注意を咎《とが》めるどころか、恭介は穏《おだ》やかな声で慰めてくれた。

「今回のことは、俺も予想外だった。退職勧告されたショックで、あそこまで暴走するとはな」

　恭介の声に、いくぶん苦いものが交ざる。そりが合わなかったとはいえ、同期が起こした不始末になにか思うところがあるのだろう。

「あいつのことはもういい。それより、おまえに話があるんだ」

　座れと目顔でソファを示され、小実は恭介の隣《となり》に腰《こし》を下ろした。

「実は、D&Yを辞めることになった」

「――」

　なんの前置きもなく切り出され、頭の中が真っ白になる。宮越が叫《さけ》んだ、首切りという単語が思い浮《う》かんだが、数々の人気CMを生んでいる恭介を会社が辞めさせるはずがない。

　どうして、と問いかけようとして、さきほど恭介が宮越を殴ったことを思い出した。小実を助けるためだったとはいえ、暴力は暴力だ。あのせいで、恭介の立場がまずくなったのではないか。

「僕のせい…っ？　僕を助けようとして、宮越さんを殴ったから…っ？」

　全身から血の気が引いていくような思いで、小実は傍らの恭介に取りすがった。恭介がD&Yを辞めてしまったら、簡単には会えなくなる。いまでさえ、社内で擦《す》れ違うことさえ稀《まれ》なのに――。

　だが恭介は、必死の面持ちで自分にすがる小実を見て小さく吹《ふ》き出した。

「おい、落ち着けって」

「だっだって、僕のせいで恭ちゃんが……」

恭介は笑《え》みを深め、すっかり狼狽《ろうばい》している小実の背中を宥《なだ》めるようにぽんぽんと叩《たた》いた。

「俺が会社を辞めるのは、今回の件とは関係ない。もちろん、おまえのせいでもない。以前からそのつもりだった。うちの部長や利佳子たちと、独立するんだ」

クリエイターだけのクリエイティブ・エージェンシーを作ると言われても、小実にはよくわからなかったが、恭介が新しい挑戦《ちょうせん》をしようとしているのはわかった。

どうやら、自分の早とちりだったらしい。ほっとしたとたん、恭介のシャツを握《にぎ》り締《し》めていた指から力が抜けた。

「来月には会社を立ち上げる予定なんだが、資料室のアルバイトを辞めて、うちでアルバイトしないか」

「え、……っ」

恭介のそばにいたい。でも、北山たちがあんなによくしてくれるし、アルバイトを紹介《しょうかい》してくれた真山の体面もある。資料室のアルバイトを辞めるのは気が引けた。第一、恭介たちの新しい会社で、自分などにできる仕事があるんだろうか。

「どうして……？　学生の僕なんかより、もっとちゃんと仕事のできる人のほうがいいんじゃないの……？」

おずおずと訊ねると、恭介が眉間《みけん》に皺《しわ》を刻んだ。怒《おこ》っているというより、焦れているように見える。

「おまえは危なっかしいから、俺の目の届く場所に置いておきたいんだよ」

そうだった。恭介に自分の性癖《せいへき》を誤解されたままなのを思い出し、小実は冷水を浴びせられたような気分になった。

「もう恭ちゃんに心配かけるような真似《まね》はしないよ。……お、男の人を誘《さそ》ったりなんか、二度としないし」

なんとか笑みを取り繕ったが、声がかすかに震えた。

怜悧《れいり》な目許《めもと》を緩《ゆる》め、恭介がそそけ立った小実の頬《ほお》に指を伸《の》ばしてくる。

「安心しな。おまえが男に興味があって、自分から宮越を誘ったなんて言いぐさは信じてないから」

「え……え……っ？」

頬を撫でる恭介のしぐさにときめきながらも、一方で小実は混乱していた。だったらどうして、素行を心配して同居をさせてくれたのだろう。

「いい加減に気づけよ、小実」

近寄りがたいほど整った恭介の顔立ちが、柔《やわ》らかな笑みを浮かべている。まるで愛《いと》おしいものを見るようなまなざしに見つめられて、否応《いやおう》なく鼓動《こどう》が速くなった。

「俺は子供なんて好きじゃないし、隣人愛《りんじんあい》に富むタイプでもない。でも俺に懐《なつ》いてくるおまえは可愛《かわい》かったし、気に入ってた。たぶん、あのころから俺にとっておまえは特別だったんだろうな」

「特別って……」

そんなこと、あるはずがない。そう自分を戒《いまし》めるけれど、恭介の言葉にどうしても期待してしまう。

「男を相手にするような趣味《しゅみ》もなけりゃ、十歳も下の子供を相手にするような趣味だってなかったんだよ。それがそんな子供にとち狂《くる》って、ほかの男を誘ったなんて嘘《うそ》をつかれて理性を失いかけたり、まだ十時過ぎなのに帰ってこなくて泡喰《あわく》ったり、春休みが終わるからって出ていかれて落ち込んだりするようになった」

「あの……それって、もしかして……」

否定しても、否定しても頭をもたげてくる期待に我慢できなくなり、小実は恐る恐る訊《たず》ねた。

目が合った恭介が、不敵に笑う。

「おまえが好きだってことだ」

「……嘘《うそ》」

聞き間違《まちが》えたのか、それとも夢でも見ているのではないか。いざとなると幸せすぎて、現実の出来事とは思えなかった。

「なんだ、嘘って。せっかく好きだって言ってやったのに、失礼なやつだな」

いかにも恭介らしい高飛車な言い方でもう一度好きだと告げられ、おでこをぴんと弾《はじ》かれて、ようやく現実の出来事であることを認識《にんしき》する。

じわじわと込み上げてきた喜びに浸《ひた》りかけたものの、頭の片隅に巣くっていた疑問を思い出した。

「あの……利佳子さんとは、つきあってないの？」

「はあ？　なんでここで利佳子が出てくるんだよ」

自分の告白に水を差されたと思ったのか、恭介の双眸《そうぼう》が剣呑《けんのん》に細められる。蛇《へび》に睨《にら》まれた蛙《かえる》の気分を味わいながらも、小実は「だって」と続けた。

「恭ちゃんが残業して帰ってきたときに、いつもとは違う匂いがしてることがあって……その匂いが、利佳子さんがつけてる香水と同じ匂いだったから、……」

「そんなもんで、あいつと俺がつきあってるなんて馬鹿《ばか》な誤解したんじゃないだろうな」

声が一段潜められ、恭介がいっそう迫力を増す。気圧《けお》されそうになりながらも、小実はこの際だからと確認せずにいられなかった。

「……違うの？」

「ったく、だからおまえは、放《ほう》っておけないんだよ」

「ひゃ…っ」

苛立《いらだ》たしそうに吠《ほ》えた恭介に、いきなり鼻先を摘《つま》まれた。反射的に開いた口を、恭介の唇《くちびる》に塞《ふさ》がれる。

あんまりロマンチックじゃない。ずっと大好きだった人から好きだと言われて、人生で最高に幸せな瞬間《しゅんかん》のはずなのに。

恨《うら》めしく思ったのは、ほんの一瞬だった。

侵入《しんにゅう》してきた舌に我がもの顔で弱い部分をあちこちまさぐられ、まるで体を繋《つな》げたときのように抜き差しされて、しだいに頭の中がぼうっとしてくる。

さんざん好き勝手にされて、ようやく恭介の唇が離れたときには、体中がはしたない期待でいっぱいになっていた。

「これでわかっただろ?」

口を開けば体の中の淫靡《いんび》な感覚が溢《あふ》れそうで、濡《ぬ》れた瞳《ひとみ》を瞬《また》かせていると、恭介が真剣な面持《おもも》ちで続けた。

「利佳子は、ただの仕事仲間だ。だいたい、あいつみたいに気が強くて、頭の切れる女はタイプじゃない」

ならば、恭介のタイプは利佳子と正反対の人間ということだろうか。気が弱くて、ぼんやりしてて、男で……?　首を捻《ひね》った小実の頬《ほお》をつつき、恭介が滴《したた》るような笑《え》みを浮かべる。

「だから、安心して嫁《よめ》に来い。おまえの体も心も人生も、なにもかもまるごとぜんぶ俺によこせ」

恭介らしい傲慢《ごうまん》な求愛の言葉に、小実はただ頷《うなず》くしかできなかった。

シャワーを浴びたい、というお願いは、恭介にあっさり却下《きゃっか》された。

「で、でも、床《ゆか》に転がったし…っ」

「あとで洗ってやる」

急《せ》いた口調とともに落ちてきたキスで反論を封《ふう》じられ、お姫《ひめ》さまよろしく抱き上げられた。下ろされたさきは、恭介の寝室《しんしつ》のベッドだ。

伸《の》しかかってきた恭介に、もどかしそうな手つきで衣服を剝《は》ぎ取られる。

「くそ。俺のものに傷をつけやがって」

書庫の床に押し倒された際にできたものだろう。小実の肩先《かたさき》に浮かぶ青あざを目にし、恭介はまるで自分が怪我《けが》をしたかのように顔を歪《ゆが》めた。

「大丈夫だよ……痛くないし、すぐに治るから」

俺のもの、という恭介の言葉に、胸が甘くときめいた。青あざの上に労《いたわ》るように唇を落とされて、嬉《うれ》しくて泣きたくなる。

「傷が痛んだら、すぐに言えよ」

「……ん」

ねだるような目をしていたのかもしれない。潤《うる》んだまなざしを向けただけで、言葉にするまでもなく、恭介にくちづけられた。

ぴったりと密着する、素肌《すはだ》の感触《かんしょく》が嬉しい。もっと恭介の肌に触《ふ》れたくて、自分から広い背中に腕を廻《まわ》した。

熱い舌に口中をまさぐられて、呼吸さえできずに貪《むさぼ》られる。もうなにも考えられなくて、巧《たく》みなキスがもたらす愉悦《ゆえつ》にただ溺《おぼ》れていく。

濃厚《のうこう》なキスに息も絶え絶えにされたころ、ようやく恭介の唇が離れた。しかし今度は全身に唇と指を這《は》わされて、さらにぐだぐだにされる。

「……っ、は…や、あ…っ」

「嫌、じゃないだろ。苺《いちご》みたいに真っ赤にして、いやらしく尖《とが》らせておいて」

すっかり尖った乳嘴《にゅうし》を捏《こ》ねられて、小実の全身が過敏に跳ねる。両脚《りょうあし》のあいだの昂《たかぶ》りがとろっとした蜜《みつ》を溢れさせる感覚があって、恥ずかしさに泣きたくなった。

やさしいくせに、こんなときの恭介はひどく意地悪になる。わざと肝心の場所を避《さ》けて、小実にお預けを喰《く》わせるのだ。

大きな手でぐちゃぐちゃに扱《しご》いて、いっぱい達《い》かせてほしい。頭が変になりそうで、ねだる響きで恭介の名前を呼んでしまう。

「恭ちゃん……っ」

「我慢しろ。おまえ、あんまり達くとばてるだろ」

そう言われては、頷くしかなかった。小実が快感に弱い、いやらしい体をしているのは、恭介がいちばんよく知っている。

それに、せっかく両想《りょうおも》いだとわかったのだ。自分だけではなく、恭介といっしょに気持ちよくなりたかった。

「ん……」

羞恥《しゅうち》に嚙《か》み締《し》めた唇を啄《ついば》まれながら、内奥《ないおう》にジェルを塗《ぬ》りつけられる。とろりとしたジェルが柔襞《やわひだ》を伝い落ち、うなじがぞわりと逆立った。恭介を求めて、恭介のためだけに、体の中が開いていく。

「ひ…んっ、いや…あ、そこ…っ」

感じてたまらない、あのこりこりした場所を長い指に抉《えぐ》られた。そこから蜂蜜《はちみつ》のように甘い官能がじゅくじゅくと滲《にじ》み出し、小実の全身をどろどろに溶かす。

このままでは、達ってしまう。じんじんと疼《うず》く欲望は紅《あか》く濡れそぼり、いまにも弾けそうになっている。

「や…あ、指だけ……もう」

「指は嫌なのか？」

恭ちゃんが、欲しい。溶け出しそうに潤んだ瞳で訴《うった》えながら、こくこくと頷く。しかし、小実がねだらない限り、恭介が赦《ゆる》してくれるはずもなかった。

「なにが欲しい？　小実」

言えよ、と甘い声が腰骨《こしぼね》を疼かせる。体だけでなく、思考も理性もぐずぐずになった小実を陥落《かんらく》させるには充分《じゅうぶん》だった。

「……恭ちゃんの……」

「俺の、なんだ？」

目を眇《すが》めた恭介は意地が悪いのに、ひどくやさしい表情をしていて、小実の胸を甘く掻《か》き乱す。どきどきしすぎて、心臓が壊れてしまいそうだった。

「あれ、入れて……おっきいの、ちょうだい……」

「どこにだよ？」

「……ここ、……」

大きく開かれた両脚を突っ張って腰を掲げ、恭介の指を銜《くわ》え込んだ場所を自ら差し出す。

「ずいぶんいやらしいことを言うようになったな」

「ご…ごめんなさ……」

はしたないと、呆《あき》れられたのだろうか。泣き出しそうに顔を歪ませると、恭介が笑ってくちづけてきた。

「褒《ほ》めてんだ、泣くな」

「……あ、……っ」

両脚を抱え上げられて、濡れ綻《ほころ》んだ部分にひたりと逞《たくま》しい切っ先があてがわれる。身構えるより早く、ぬうっと押し入ってきた。

「あっ、あ……っ」

か細い声を上げながら、背中を仰《の》け反らせる。反射的に広い胸を押しやるそぶりをしたものの、熟《う》れた内奥が奥へと誘い込むように恭介に吸いつく。

ゆっくりと確実に、恭介が進んでくる。根元までぜんぶ沈《しず》めると、動きを止めた。

「は…っ、ふ……」

ぴくぴくと震える体が、体内の恭介を勝手に締め上げてしまう。そのたびに恭介が脈打ちながら、さらに大きくなっていって——たまらない。

恭介の存在をただ感じているだけではもの足りなくなって、濡れた目を向けて無意識のうちに抽挿をねだる。小実が慣れるのを待っていた恭介が、スプリングを軋《きし》ませて動き出した。

「あっ、あ、ん…っ」

突き上げられるごとに、唇から零れる喘《あえ》ぎがねっとりと甘く潤んでいく。

間が空いたせいか、想いが通じあったせいか、いつにもまして感じやすかった。重い突き上げを繰り出され、濡れた性器を大きな手で扱かれてはもうひとたまりもない。

「ひあ、……っ」

あっけなく射精し、放埒《ほうらつ》に溢れた雫《しずく》が上気した肌を濡らす。屹立《きつりつ》を呑《の》み込んだ部分をきゅうんと引き絞ってしまい、恭介を低く呻《うめ》かせた。

「ったく、しょうがないな。勝手に達きやがって」

「ぁっ、あ……待っ…て、やあ…っ」

息が整わないうちに抱き上げられて、視界がぐるりと回る。気がついたときには、恭介の上に乗りかかる格好になっていた。

「……は、ふ…っ」

真下からずんずん突き上げられ、脳髄《のうずい》までが悦楽《えつらく》に麻痺《まひ》していく。いちばん感じる場所を張り出した部分で抉られて、萎《な》えないままの花茎《かけい》からとろとろと蜜が零《こぼ》れた。

体の中も外も、どこもかしこも震えて、濡れている。朦朧《もうろう》とした意識の中、恭介の形にぴったりと添った粘膜《ねんまく》が、びく、びくと痙攣《けいれん》するように蠢《うごめ》いている感覚だけがやけに鮮明だった。

「や…あ、形変わっちゃ、う…っ」

「どこのだ？　どこの形が変わるんだ？　言えよ、小実」

一段潜めたせいで、いつもよりずっと甘さを増した声と巧みな律動《りつどう》に、淫《みだ》らな言葉を引き出される。

「ぅ…ぅ、……おし、り……お尻の、中…っ」

恭ちゃんの形に変わっちゃう、とうわ言めいた口調で続けると、恭介が目を眇めて笑った。

ふだんのクールな恭介とは違う、獣《けもの》じみた目つきにも感じて、中のものをますます締めつけてしまう。

「俺の形だけ、覚えてろ」

「う、ん…っ、恭ちゃ…んの、だから…っ」

自分は、恭介だけのものだ。がくがくと頷《うなず》きながら、恭介の上で腰を卑猥《ひわい》に弾《はず》ませる。どんなに淫らな真似《まね》をしているか、もう自覚できなかった。

「ずっと俺の腕の中にいろ」

「う、ん……うん…っ」

うまく力の入らない手で必死にしがみつき、恭介の動きに合わせて腰を振り立てる。

もう子供ではないけれど、まだ大人でもなくて。中途半端なありのままの自分を、恭介はど

こまでもやさしく包み込んでくれる。

抱きしめる恭介の力が増して、肌に指が喰《く》い込む。内奥で熱が弾ける感覚があって、小実もまた激しい愉悦の渦に叩《たた》き込まれた。

「小実……」

肩先に顔を埋《うず》めた恭介が、愛《いと》おしそうに小実の名を囁《ささや》く。隙間《すきま》なく密着した肌の震えが、新たな官能を呼び覚ます。

恭介の手で大人にしてもらった体は、肌を重ねる悦《よろこ》びと、欲望を知っている。

だからこそ小実が抱《いだ》く恭介への想《おも》いはとてつもなくふしだらで、無垢《むく》な子供のころのままに、穢《けが》れがないのだ。

「——好き……」

ようやく告げることを赦《ゆる》された想いを口にし、小実は年上の恋人の胸に頬《ほお》を埋めた。


〈終〉

あとがき

こんにちは。または、初めまして。藤森ちひろです。

今回は、CMプランナー×アルバイトの大学生という年の差ものに挑戦《ちょうせん》しました。以前から、「ルビーさんなら絶対、年の差もの!」と勝手に思い込んでいたので、長年の野望が果たせて嬉《うれ》しいです。……と、ここまで書いて、前回も微妙《びみょう》に年の差ものだったような気が……。でも私の中では、十代の受と十歳以上離《はな》れた攻《せめ》というのが王道の年の差ものの定義なので、今回がルビーさんでは初めての年の差ものということでお願いします。

しかし、プロットにOKをいただいて、いざ書きはじめたものの、「年の差もののツボを外しているのでは……?」「なんだか微妙に違《ちが》う気がする……」とやはりいつものように頭を抱《かか》えてしまいました。奥深いです、年の差もの。……いや、単に私が実力不足なだけなのですが。大人同士のお話も好きですが、年の差ものも大好物なので、いつかまた機会があったら挑戦したいと思います。

執筆《しっぴつ》中の思い出を一つ。文房具《ぶんぼうぐ》を買いに立ち寄った某《ぼう》輸入雑貨店で、小実にそっくりなキャラクターを発見しました。フワフワで小さな赤ちゃんあひるという触《ふ》れ込みなのですが、頭の毛のはね具合といい、赤い頬《ほ》っぺたといい、小実のイメージそのまま。しばし呆然《ぼうぜん》とした挙句、うっかりマグカップを買って帰ってしまいました。原作の絵本もあるそうなので、買わなきゃ。

この勢いで、グッズを集めてしまいそうです……。

それまで小実のイメージはオカメインコ（でも、やっぱり鳥……）だったのですが、このあひるのキャラに変更《へんこう》。ついでに、恭介からもらったぬいぐるみもあひるに変更になりました。

イラストの小路龍流先生には、イメージどおりの小実を描《えが》いていただき、ありがとうございました。キャララフの小実の、ふわふわの寝癖《ねぐせ》と袖《そで》からちょこんと出た手のキュートさにやられました。

恭介のほうも、小路先生の描かれる美形キャラ（でも、ちょっと鬼畜《きちく》寄り）を見たいという一心で作ったキャラクターだったので、キャララフの恭介の美形っぷりにハートを射貫《いぬ》かれました。あと、羽崎がすごいツボでした……！　お忙《いそが》しいところ、たいへんなご迷惑《めいわく》をおかけして申し訳ありませんでした。素敵《すてき》なイラストを描いていただき、心よりお礼を申し上げます。

担当さまには、今回もたいへんお世話になりました。細やかなチェックと的確なアドバイス、ありがとうございます。作品にうまく反映できず、申し訳ありません。恩を仇《あだ》で返すって、こういうことのような気が……。いつかご恩返しができるよう、精進《しょうじん》したいと思います。

最後になりましたが、この本をお手に取っていただき、ありがとうございました。よろしければ、ご意見ご感想などお寄せいただけると嬉しいです。同人誌の情報をご希望の方は、返信用封筒《ふうとう》を同封していただければ折り返し情報ペーパーをお送りいたします。

それでは、またどこかでお会いできますように。

ふしだらな純愛《じゅんあい》
藤森《ふじもり》ちひろ
KADOKAWA RUBY BUNKO

角川ルビー文庫 R119-3　16166

平成22年3月1日　初版発行

発行者——井上伸一郎
発行所——株式会社角川書店
東京都千代田区富士見2-13-3
電話/編集(03)3238-8697
〒102-8078
発売元——株式会社角川グループパブリッシング
東京都千代田区富士見2-13-3
電話/営業(03)3238-8521
〒102-8177
http://www.kadokawa.co.jp
印刷所——旭印刷　製本所——BBC
装幀者——鈴木洋介

ISBN978-4-04-453603-9　C0193　定価はカバーに明記してあります。

KADOKAWA RUBY BUNKO

角川ルビー文庫

いつも「ルビー文庫」を
ご愛読いただきありがとうございます。
今回の作品はいかがでしたか？
ぜひ、ご感想をお寄せください。

〈ファンレターのあて先〉

〒102-8078 東京都千代田区富士見 2-13-3
角川書店 ルビー文庫編集部気付
「藤森ちひろ先生」係

誓約は密やかに甘く
藤森ちひろ
Chihiro Fujimori
美貌の伯爵×無垢な箱入り御曹司の
華麗なるロマンティック・ラブ!!
私でしか達けないように、
君の体を作り替えてあげよう
桐原物産御曹司の悠は、取引相手の伯爵・アレクシスから
取引と引き替えに恋人の振りをするよう命じられて…？
イラスト◆佐々木久美子

ルビー文庫